ことのは文庫

帝都コトガミ浪漫譚

勤労乙女と押しかけ従者

道草家守

JN103003

MICRO MAGAZINE

目次

帝都コトガミ浪漫譚

勤労乙女と押しかけ従者

巻ノ一　帝都名物はお断り

今日も帝都は、いろんな物語であふれている。

『さあさ、寄ってらっしゃい見てらっしゃい！　これから始まりますは恐ろしくも美しき神魔魍魎《もうりょう》を友とする、稀代の弁士と言神《ことがみ》たちの物語！』

できればあまり寄りたくはない。

仕事帰りの疲れた頭で、御作朱莉《みつくりあかり》はそんなことを考えた。

目をそらした空き地では、自転車の荷台に乗せた紙芝居を子供たちがキラキラとした瞳で見上げている。一応飴を売るのが本業のはずだけれども、子供の目当ては厚紙の絵と紙芝居師の口上で繰り広げられる物語だ。

一度気がついてしまうと、道端にある様々な物語が目についてしまう。

木製の電柱には、外国の男女が見つめあう映画の宣伝ポスターが括《くく》り付けられているし、本屋の扉には「文学集、予約デキ〼《マス》」というチラシが貼られており、出てくる嬉しげな人の手には本が抱えられている。

あっちを見ても物語、こっちを見ても本ばかり。

物語を不得手とする朱莉には、少々生きづらい世の中だった。

それらを好んで楽しむ人がいると知っているし、楽しんでいるんならいいじゃないかと平静に考えもする。だが自分は限りなく嘘に近い物語が受け入れられないだけの話だ。

朱莉はそんな生きづらい帝都にある商社で、職業婦人なるものをしていた。

女は家に居るものという意識がまだ強い中、自分で働いてお金をいただく職業婦人への風あたりは強い。けれど同時に洋装を華麗に着こなすあこがれの存在だと認識されている。

とはいえ朱莉は洋装ではなく地味な銘仙の着物を着ているし、働くのも天涯孤独の身の上では、お金を稼がないと生きていけないから。すがすがしいまでに現実的な理由だ。

髪を編み込みお団子にしたエールズ結びに、長着は山吹色の銘仙。帯はお太鼓に締めた朱莉は、ブーツでのんびり土道を歩く。長着は縞が入ったような銘仙特有のかすれに、淡い黄赤がかった曙《あけぼの》色の花が散っているのがお気に入りだ。

道は土道でも街には電線が張り巡らされており、たいていの家でも一つ電球が使えるのが帝都のいいところだ。

ただ、雨が降れば道がぬかるみ、うっかりすると着物の裾が悲惨なことになるのだが。

「今日のご飯は焼き鳥でも買って帰ろうそうしよう」

表情は乏しいながらも朱莉は少々浮かれていた。給料日はいつだって嬉しいものなのだ。

そうして途中で焼き鳥を数本あがなった朱莉は、足取りも軽く家路についたのだが。

たどり着いた寮は燃えていた。

脱兎のごとく逃げてくる住民たちを前に、朱莉は呆然と立ち尽くす。

建物は見事に燃えていた。あの中には一応自分の全財産があるわけなのだが。

「雷獣が出たぞぉ！」

野次馬の声に朱莉がはっと顔を上げれば、近くの屋根に紫電に包まれる獣がいた。

大きさは木造の平屋を悠々と越すほどはある。全身を紫電に包まれているために獣である以外は判別しがたく、しかし生き物のように脈動をしているのが見て取れた。

あれが最近巷《ちまた》を騒がせる神魔か、と朱莉はぼんやり思った。

西洋から入ってきた物理学、生物学、科学でも不合理だ、非科学的だと頭をかきむしられ、それでも受け入れられる人知の外の存在。それが神魔魍魎のたぐいだった。

なまなかな武力では退けることもかなわないそれは、只の人間にはひたすら過ぎるのを待つばかりの災害と等しいものだ。つまりは朱莉がかなう存在ではない。

駆けつけた警察官が拳銃を撃ち込んでも、なんら痛痒《つうよう》を感じていないのは明白だ。

警官の一人が誰かに叫んだ。

「活動弁士《かつどうべんし》を呼んでこい！　俺たちじゃどうにもならねえっ。言神様《ことがみさま》の力が必要だ！」

活動弁士、言神様。

緊急事態なのに朱莉の顔は少しだけこわばる。けれど逃げなければという意識は生まれて、手の中の油紙を握りこんだ。

餅は餅屋、神魔のたぐいは活動弁士と言神に任せるのが一番だ。

朱莉はともかく逃げ出そうとしたが、雷獣を見物する野次馬が恐怖とも興味ともつかない顔で物見高く眺めているのが邪魔だった。

しかしそれも、雷獣の纏《まと》う紫電が無差別に周囲へ走るまでだ。

ばん、と大砲を撃つような音と共に、木製の電柱が焼け焦げて倒れてくる。

その電柱の周囲に居た野次馬は、蜘蛛の子を散らすように逃げていった。

ようやく朱莉も走り出すことに成功したが、その足は遅い。

仕方がない。朱莉の運動能力は学校で甲乙丙の中で最低の丙《へい》しか取れなかった。

しかし無情にも雷獣は体をたわめ、バチバチと紫電を振りまきながら屋根の上から降りてくる。朱莉の脳裏に読みあさった科学の本の知識が脳裏に走馬燈のように並ぶ。

雷と同じであれば、一瞬で距離を詰められてしまうだろう。なにせ雷の速度は人間よりも遥《はる》かに早い。そして、電気ショックというやつは簡単に人間を焼いてしまうのだ。

ああでも。

「せめて、やきとりたべたか……」

朱莉は、炎の橙がかき消されるほどの閃光に目をつぶる。

が、ぐるりと体が回った。

転んだかと思ったが、腰と膝裏にしっかりと腕が回されて体が浮いているのを感じる。

おやと思った朱莉が目を開ければ、見知らぬ男性に抱きかかえられていた。

思わず羞恥に顔を赤らめる。朱莉は時代の最先端を行く職業婦人だ。それでも男性に触れられたり、ましてや抱きかかえられたりするのは初めてで驚く。

さらに付け足すのであれば、雷と炎に照らされるその横顔はたいそう美しかった。

年は若い。二十代後半くらいだろうか。まだ青年といってもいい年ごろだろう。

襟足まで伸びた黒髪は軟派に見えそうにもかかわらず、どこか気品がある。

陶器のような肌には染み一つ見られず、鼻筋の通ったかんばせは京人形のような高貴さと刃のような鋭さを兼ね備えている。ほんのりと切れあがった眼に彩られる瞳は炎で揺らぎ、星のようにきらめいていた。

人じゃないみたいだと思った朱莉だったが、こちらを見下ろす青年はまるで知己を救った時のように心底ほっとした顔をしていて、ぐっと人間くさかった。

「大丈夫ですか！」

「だい、じょうぶですが」

朱莉があなたはと訊ね返すのを拒むように、青年は朱莉を地面に下ろした。

次いでなにかを押しつけられる。

とっさに握ったそれは、表紙が硬く作られた西洋式の本だった。

艶やかな飴色の表紙をしたその本は、朱莉の指の爪の幅くらいの厚みで、丁寧に作られた高価な物だと一目でわかる。

しかし表紙を確認する間もなく、青年にたたみかけられた。

「お願いです、その本を開いていてください！　最初の頁《ページ》だけ！」

「さ、最初の頁？」

面食らった朱莉だったが、青年の背中越しに雷獣がこちらへ狙いを定めていることに気づいて青ざめる。これはまずい、逃げなければ。

にもかかわらず、彼は迷いなく雷獣に向けて駆け出したのだ。

なにをしているのかと朱莉は絶句したが、とにかく手元の表紙をめくる。

開いた途端、頁から金の光が吹き出した。炎にも負けぬ光の筋、その一つ一つが文字だと朱莉が気づいた途端、金の筋は鮮やかに青年へと向かいその髪を染め上げる。

同時に、雷獣が消えた。再び大砲のような音が響く。

朱莉は本を開いたまま、髪を金に染め上げた青年が足を振りぬくのを呆然と見ていた。

同時に炎に飲まれていない建物に、雷獣が叩きつけられるのを。

普通の人間には目で追うことすらできない雷獣を、狙いたがわず蹴り飛ばすという人ではあり得ない光景。だがそれを可能とする存在を朱莉は知っていた。

建物にぶつかった雷獣は、なおもこちらに向かって来ようとしていたが、なにかにおびえたのか素早く体をたわめると、どこへともなく走って行った。

逃げて行く雷獣を見送った朱莉のもとに、それを成し遂げた金の青年が戻ってくる。

青年は雷獣を蹴り飛ばしていた時とは打って変わり、柔らかな表情で丁寧に言った。

「もう、本を閉じていただいて大丈夫です。ありがとうございました」

「あ、はい」

言われるがままぱたんと朱莉が本を閉じれば、青年の髪は金から黒へと戻る。

差し出される青年の手に本を渡したが、その時に表紙の題名である「言神　夜行智人」というのが見えた。

それは、依《よ》り代《しろ》となる書物の中に封じ込められた神魔魍魎が顕現した姿。

「言神、なの」

朱莉がその秀麗な顔を見上げれば、青年は柔らかく眼を細めて頷いた。

「はい。夜行智人《やぎょうともひと》と申します」

一言ずつ、かみしめるように告げた青年は、炎に照らされてくっきりと浮かび上がっていた。まるで、朱莉が大嫌いな物語の一場面のように。

この国、大倭帝国《だいやまとていこく》において、神は身近な存在だ。

古来より森羅万象や街里のいたるところに潜む神魔は、気まぐれに人を愛で、愛し、害した。人々は傍若無人にふるまう荒ぶる御霊《みたま》を鎮めるすべとして、そんな神魔魍魎を書物に綴り封じる「言語《ことがた》リ」を生み出したのだ。

曖昧模糊とした恐ろしきものを物語によって定義し、奉ることで和魂《にぎみたま》となった彼らは「言神」とよばれ、人々は畏敬と奇妙な親しみを持っていた。

朱莉のような、物語嫌いの娘以外は。


幸いにも火は燃え広がらず、火事は消しとめられた。

しかし朱莉の寮はものの見事に全焼である。全く幸いでもなんでもない。

朱莉は近所の公衆電話で、寮の持ち主である会社に連絡を取っていた。

『まあ今回の事は気の毒だったが、会社としてはすぐになにかができるということはないね。ほかの担当の者と検討しなければ』

「いえ、ですが」

『寮はたしかに便利だがね。君も良い年なのだから、これを機会に結婚を考えるのも良いんじゃないかね。まあ休日明けには見舞金を用意するから、なんとかしてくれたまえ。通話は終わりだ』

『ご利用ありがとうございました』

電話交換手の言葉と共に通話が切られて、朱莉は重いため息をついて受話器を置いた。

この手の言葉は職業婦人をしていれば毎日のように遭遇する。言い返しても全く取り合わないだろうし、なによりそれを持ち出したのが方便なのがよくわかっていたからだ。

「いやわかってたけど、しょっぱいわねうちの会社」

公衆電話から火事現場に戻った朱莉は、しょうがないし腹が空いてしまったので、がれきの一つに腰掛けて奇跡的に無事だった焼き鳥をかじった。

完全に冷めていたが、鶏肉の弾力と甘辛いたれは腹を満たしてくれて、やさぐれた心が少し癒やされた。

「とりあえず方針が決まるまで自分でなんとかしろですって……。そもそもこちとら上京してる身どころか天涯孤独なんだけれども。ことあるごとに嫁のもらい手とか結婚とかなに言ってるの。今の時代、結婚よりも経済基盤のほうが大事でしょうに」

文明開化も華やかなりし帝都でも女は家に居るものという意識が根強く、働く女性も仕事を結婚までの腰掛けと考える人が多い。ゆえに女子社員が軽んじられることは日常茶飯事だった。結婚よりも自活がしたい朱莉にとっては辟易するばかりだ。理解者がいない。

「はー、あの調子だと代わりの寮用意してくれるのいつかしら」

いや、そもそも用意してくれるのだろうか。と最悪の想像がよぎる。

お給料が相場よりも低くとも、ただで寮に住まわせてくれるところが今の職場を選んだ一番の理由だった。格安の下宿を借りるにしても、今のお給料では大変厳しいものがある。

「それに家賃安いところ軒並み怖いところばかりだったものね。それよりも今日の寝床どうしよう。銀行しまっちゃってるからお金は明日まで引き出せないし、今日は野宿？　というか待って明日日曜日だし銀行おやすみじゃない……？」

ぴゅうと吹きすさぶ風に、身を縮めた朱莉はひしひしと感じていた。

あれ、これ、大変に危うい状況では、と。

「あの」

すでにあたりは夕暮れに沈もうとしている。行動は早いほうが良いだろう。

朱莉は一縷《いちる》の望みをかけて無事な家財道具を掘り返してみるか、と思いつつ最後の焼き鳥串をもぐもぐしていれば。

「あの！」

一瞬、朱莉は自分にかけられた声だとわからなかった。しかし、顔を上げればそこには先ほど助けてくれた言神、夜行智人がいる。

あの騒動から連れ出されたあと、朱莉は会社に連絡を取らねばという思いでいっぱいで、お礼どころかろくな別れの言葉を言わなかったのだ。彼がいつの間にやら姿を消していたというのもあるが、礼を欠いていたと朱莉は少々後悔する。

こうして落ち着いて眺めてみても、大変に姿の良い青年だった。

長身のせいかそれとも均整のとれた体格のせいか、真っ白なシャツに褐色をした三つ揃いのスーツという洋装がこれ以上なく似合っている。

先ほどは気がつかなかったが、その肩にはちょうど本が入りそうな鞄が提げられていた。

役者のよう、とでも形容すれば良いのだろうか。とぼんやりと思いつつ立ち上がった朱莉はぺこりと頭を下げた。

「ええと夜行さん。あの時は助けてもらったお礼も言わず失礼しました」

「智人で結構です。いえそれはどうでも良いのです！　……これからどうなさるのですか」

智人と名乗った言神の案じるような眼差しが落ち着かず、朱莉はそっと視線をそらした。

書物である「言語リ」から顕現された、という苦手の極致にいる存在とはいえ、これだけ純粋に心配されて一方的に嫌うほど朱莉は子供ではない。なにせ社会人二年目なもので。

むしろ行儀悪く、道端で焼き鳥を食べているのを見られたことのほうが気になった。

朱莉は食べ終えた串をそっと油紙に隠しつつ、彼に応じた。

「まあ、なんとかします。生きていればなんとかなるでしょう」

誰にも頼れないというのはわかっているのだ。強がりでも言わなければやっていられないが、口にすればなんとかなる気がしてくるから不思議だ。焼き鳥もおいしかったし。

さあ頑張ろうと気合を入れていた朱莉は、智人の行動に目を丸くする。

彼は流れるような動作で、朱莉に跪《ひざまず》くように膝を折っていたのだ。

仮にも神と名の付く存在が、上等そうなスーツが汚れるのも構わずである。

智人の軸のぶれない見事な跪き方に朱莉があっけにとられていれば、彼はそのまろやかな肌を抑えきれない高揚に赤く染めながら言ったのだ。

「僕のご主人様になってください！」

朱莉はとりあえず、蛇蝎《だかつ》を見るがごとき視線を投げた。


はっと智人が我に返ったような顔をしたが、それは朱莉も同じだった。

即座にきびすを返してがれきへと向かう。

まさかここで帝都名物、変質者に遭遇するとは思わなかった。

最近の言神は美人局《つつもたせ》もやるのだろうか、いや顔も良いから若い燕になろうとでもいうのだろうか。いくら神とはいえ、茶番に付き合っていられるほど余裕はないのだ。

「ま、待ってください！」

「若い燕を囲えるほど収入はありませんので他を当たってください」

引き留めようと立ち上がる智人に、朱莉は氷点下にまで冷め切った目を向けたが、彼はめげなかった。

「どうか逃げないでください。あなたの力になりたいのは本当なんですっ」

「ではさっきの言葉は偽りでしょうか」

「本心十割ですが！」

「ごきげんよう」

女学生時代の挨拶でばっさりと断ち切り、朱莉は火事の検分をしている警官の元へと急いだ。横暴と名高い警官とて、現行犯でつきまとわれていれば助けてくれることだろう。

そもそも言神が言語リから顕現するには弁士が必要なはずである。警官なら知っているかもしれない。

「どうか弁明を、僕は言神ですから安全ですから！」

「おまわりさーん、助けてくださーい」

「あっ待って、待ってください！」

未だにあきらめない言神に取りあわず朱莉が声を上げようとすれば、目の前に制服の男が立った。

「はいはいお嬢さん、そこまでだ」

警官とは少し違う色の生地の詰襟姿で立ちはだかっていたのは、三十代半ばほどの男性だった。その詰襟に見覚えがあり軍人かと一瞬警戒した朱莉だったが、全身から漂うやる気のなさに困惑する。

適当に切ってますと言わんばかりの髪やけだるげで眠そうな顔つきといい、詰襟の前を緩くあけて着崩しているのといい、規律を重んじる軍では異質だった。

しかし智人がほっとしたようにその軍人の男に声をかける。

「お前が早すぎるんだ。雷獣捜索で今日は働きすぎだっていうのに急《せ》かしやがって」

「宗形《むなかた》！　遅いですよ」

「貴様ら、一体なにを騒いでいるんだ」

軍人風の男があからさまにげんなりとする中、騒ぎに気がついた警官たちがいかめしい表情で集まってきた。

その剣幕に朱莉は面倒なことになったと首をすくめていたが、警官たちは宗形を……正確には着崩している制服を見るなり背筋を正して敬礼をする。

「これはこれは、活動弁士殿でありましたか！　ご足労いただきありがとうございます」

活動弁士、という単語に朱莉は耳を疑った。

神々《かみがみ》たる言神を奉り従える存在である弁士の中でも、荒ぶる神魔を鎮められる者たちは活動弁士と呼ばれ、精鋭《エリート》として軍に所属している。帝都では誰もが知っている事柄だ。

とっさに朱莉が眼を走らせれば、宗形の腰のベルトには細身の軍刀と一緒に大ぶりのポーチがくくり付けられていた。ちょうど本が数冊入りそうな。

宗形は警官たちの最敬礼を当然のごとく受け止め、軽く頷いた。

「陸軍弁士隊、宗形だ。雷獣は別の弁士が追っている。君たちはここを頼む。あと、この娘は雷獣を間近で目撃したのだそうだ。参考のために連れて行くぞ」

「はっどうぞご随意に！」

待てなぜ付いて行くことになっていると抗議しかけた朱莉だったが、無情にも頼みの綱だった警官が去って行ってしまった。

朱莉がだらしない格好の宗形とうさんくさい言神、智人と一緒に取り残されてしまい呆然としていれば、肩に宗形の手が乗った。

「じゃあ君、ちょっと一緒に付いてきてもらおうか」

「……いちおう、理由をお聞かせ願えないでしょうか」

「こいつの言語リを開いただろう？」

宗形がくい、とぞんざいに指さすのは、落ち着かない様子ながらもたたずむ智人だ。

確かに開いたがそれがどうしたと言いたかったが、有無を言わさない雰囲気を醸し出すのはさすが軍人といったところだろうか。

軍人に逆らう気概などただの娘である朱莉にあるはずもない。

問答無用で連行されるのはわかりきっていたが、朱莉はそれでも踏みとどまった。

「待ってください、あと一つだけ」

「まだあるのか？」

やる気のなさそうな表情にもかかわらず、鋭い気配を放つ宗形に朱莉は真顔で言った。

「付いていったらご飯食べさせていただけますか」

やっぱり焼き鳥だけじゃ足りなかったのだ。腹へらしのままではなにもできない。

宗形はあからさまに面倒くさそうな顔をするが、朱莉がじっと見つめていればあきらめたように息をつく。

「……店屋もんでも頼むか。智人頼んだ」

「わかりました。よろこんで！」

願われた智人がぱっと表情を輝かせて頭を下げる。

宗形にどことなく脱力感が漂う中、朱莉はちいさく拳を握った。


最新式の車に乗せられてたどり着いたのは澁谷《しぶや》だった。兵営や練兵場をはじめとした軍事施設の集まる区画であり、ひっそりと夜の闇に沈みながらもどこか硬質な気配が漂う。

目的地は宵闇に沈み込む物々しい空気の中にたたずむ、重厚な石造りの建物だった。暗がりの中で電灯に照らされる門柱に「活動弁士協会」と書かれていたから、そういう所なのだろう。

そして朱莉は案内された応接間で、せっせとカツ丼をかき込んでいた。

鶏肉の後に豚肉とはなんて贅沢なのだ。さすがは軍人太っ腹だとしみじみとする。宗形が食べるのが牛丼だったことも気にならない。

「よく食べるな、御作嬢」

宗形に名を呼ばれた朱莉は顔を上げた。車内で自己紹介だけはしていたため、互いの名前は了解していた。

「仕事帰りだったもので。戦の後は腹が減るものです」

「ああ、そうだったか」

「ついでにこうも熱心に見られるとやけっぱちにもなります」

「……なるほど」

あきれ顔だった宗形が納得の表情になる。

米の一粒まできれいに食べきった朱莉は、ようやくあきらめてソファの傍らに立っている智人に視線をやった。目が合うと、智人は頬を薔薇色に染めて恥じらった。

顔が良いだけに大変に映えるが、先ほどの発言を覚えている朱莉は全く心が動かなかった。

「では御作嬢、お互いに腹が落ち着いたところで本題に入るぞ」

「はい」

朱莉が居住まいを正せば、宗形はひょいとその場に立つ言神を指さした。

「先ほども名乗ったが俺は宗形。陸軍所属の活動弁士だ。弁士についてはわかるか」

「活動写真に台詞《せりふ》と筋を付けて語ってくださるお仕事のことですね」

「いや最近はそれも弁士と言うが」

「冗談です。物語を語ることで、言神様を顕現させることができる方々のことですよね」

ひくひくと宗形の顔が引きつるが、一般人の朱莉にとってはそちらのほうが身近だ。

言神と彼らを鎮め呼び出すことのできる弁士たちの活躍によって、人はむやみに神魔におびえることなく、隣人ならぬ隣神付き合いができるようになったのだ。

以前は弁士の名家によって継承されていた技術が文明開化と共に軍部と結びつき、現在に至ると朱莉は尋常小学校や女学校で習った。

「正確には神魔を封じた専用の本が必要なんだが。これがその言神、夜行智人だ」

宗形の言葉と共に、智人はひときわ優雅に頭を下げる。

朱莉は書物を開いた時に飛んでいった文字が彼の名前だったのでは、とふと気づいた。

「で、こいつは俺が一応預かっている言神なんだが少々特殊でな。勝手に出歩く」

「はあ」

神が顕現していれば、出歩くのは当然なのではないか。

意味がよくわからず朱莉が生返事をすれば、宗形は少し考えた後、腰にぶら下げていた鞄から本を一冊取り出した。

表紙が硬い素材で作られた洋装本を、宗形は無造作に開くと声を上げた。

「〝その怨念は闇深く、しかしその忠義は偽りなし。

定義されしは犬神、名を黒江《くろえ》〟」

やる気のない表情からは一転して朗々と響く声に、朱莉の肌はぞわと鳥肌が立った。

宗形の意外な一面に驚いた以上に、胸の奥から湧き上がる忌避感が先に立ったのだ。

勝手に肌に立った鳥肌を朱莉はそっと抑えた。ああ、やっぱり苦手だ。

そんな朱莉の葛藤をよそに、開かれた書物から黒々とした文字が立ち上り、人の……少女の形を取ってゆく。

音もなく宗形の隣に降り立った少女は髪から着物に至るまで黒ずくめで、肌だけが病的に白い。さらに頭には犬のような獣耳が生えていた。言神だ。

まとわりつくような黒い空気を身に纏う少女は、朱莉にも智人にも一切興味を示さず宗形だけを見た。

「ご主人、なに用か」

「この皿を外に居る誰かに返すように言ってきてくれ」

「あいわかった」

こくりと頷いた少女は、朱莉と宗形のどんぶりを軽々と持つと、扉の向こうに消えていった。

その後ろ姿に見えた犬のような尻尾が揺れるのを朱莉が見送れば、宗形が話を再開した。

「今のが弁士がやる語りだ。本を開いて語ることではじめて言神は顕現する。だがこいつは誰に語られるでもなく勝手に顕現し続けてるんだよ」

「この夜行さんは、宗形様が今のように語ったわけではない？」

「俺は語ったことはおろか、読んだこともないな」

　間髪入れない宗形の返答に、朱莉ははたと智人との出会いを思い出す。

　雷獣から助けてくれたはいいが、彼は自分で書物を持って出歩いていた。勝手に顕現し続ける言神、というのはつまりは封じられていないのと変わりがないわけで。

「それ結構な問題では」

「気合いで顕現してます」

　ぐ、と力こぶを作って見せる智人を朱莉は無視した。

　ようやく事の重大さが理解できた朱莉が目線で続きを促すと、宗形は説明を再開する。

「まあいくつか理由があるんだがめんどくさいから割愛して。一言でまとめると無害なうえ、読める弁士が居なかったから見逃されていた」

「むがい……？」

「無害だったぞ。今までは」

　めんどくさいだけで割愛して良いのかと思いつつ、朱莉の言いたいことがわかったのだろう宗形に念を押された。話も進まないので朱莉はひとまず置いておくことにする。

「で、本が読めないんですか。ここにあるのに？」

　朱莉がぴんとこずに首をかしげれば、宗形は智人に向けて手を差し出していた。

「智人、お前の言語リを貸してくれ」

「はい、どうぞ」

智人が素直に鞄から取り出した言語リを受け取った宗形は、先ほどと同じように開こうとする。しかしその表紙は宗形の指が白くなるほど力を込められても、のりでくっつけ合わせたように開かなかった。

朱莉があれと思っていれば、驚いた風もない宗形は無言で朱莉へと本を差し出した。改めて見てみればその書物は薄い。これだけ立派な装丁にしては厚みが朱莉の指ほどしかなかった。朱莉は柔らかな飴色の革張りに金色の箔押しで「言神　夜行智人」と書かれている表紙をめくってみる。

火事場と同じようにあっさりと表紙はめくれ、中表紙となる柔らかな白い紙が見えた。今回は金の文字が飛び出したりはせず、普通の本と変わらない。

朱莉はついでに他のページも見てみようかとめくろうとしたのだが、形の良い骨ばった手に止められた。顔を上げると、顔を赤らめる智人がいる。

「あ、あんまりじっくり見ないでください」

まるで秘密でも覗かれるように恥じらう智人に朱莉が眼を点にしていれば、宗形は心底面倒くさそうに言った。

「というわけでこの言神は君を語り手に選んだ。だから君、こいつの管理をして……」

「お断りします」

宗形の言葉を遮って朱莉は強く拒否をした。

不作法と言われようが投獄されようが関係なかった。ぱたりと言語リを閉じてテーブルの上を滑らせた朱莉は、背筋を伸ばすと面食らう男性二人を見据えた。

「私は物語が嫌いです。言語リの管理をするということは弁士になるってことでしょう。関わりたくありません」

今勤めている隅又《すみまた》商事も、時計などの精密機械を扱う会社だから選んだくらいなのだ。それなのに、物語の象徴のような存在を押し付けられるなんて冗談ではなかった。

物語を必要とする人々がいることは否定しない。だから自ら距離を取っていたにもかかわらず、わざわざ巻き込まないでほしい。

朱莉がいまだ治まらない鳥肌を着物の上から押さえて睨めば、宗形は深いため息をついて天を仰いだ。

「めんどくせえ。智人、お前のことなんだから説得任せた。俺は適当に許可を出す」

「わかりました」

良いのかよと朱莉は本気で思ったが、宗形はソファに寝そべると本気で寝始めたのだ。なんだこのやる気のなさ。さすがに朱莉が唖然としていれば、宗形の代わりに眉目秀麗な智人が進み出た。

「ではお話を代わりまして、この智人が提案いたします」

「なにを言われても……」

「まず厳密に言いますと、弁士になっていただく必要はございません。次いで僕を引き受けてくだされば、朱莉様は僕が預かっている文庫社、と呼ばれる弁士専用の屋敷に住み込む事ができます」

様、とごく自然につけられてぞわっとする間もなく蕩々と語られた話に、頑なだった朱莉はぴくりと反応してしまった。

屋敷、つまり家ということだろうか。

朱莉が興味を示したのがわかったのだろう、智人は一流の営業のように畳みかけてきた。

「近年封じられる神魔が増えて怪異に悩まされなくなりましたが、代わりに管理し切れぬほど言語リが増えてしまっているのです。おかげで弁士は万年人手不足。そこで弁士協会では、試験的に一般の管理者を採用することを決めました。管理者には弁士助手として言語リの保管、手入れをしていただくのです。もちろんお給料も出ます！」

「おきゅうりょう」

朱莉が耳をそばだててしまうのは仕方ないだろう。

なにせ家財道具からなにまで一切合切を失ってしまったのである。家付き、しかも手当付きなんて地獄に仏とはこのことだが。

「はい、業務内容といたしましては屋敷の手入れと、適宜文庫社に収蔵されている言語リの管理……ですが。それは僕がある程度できますので、朱莉様は今まで通りお勤めを続けていただけますよ」

それは大変魅力的だ。事務社員の給料でこれから失った家財道具をそろえることすら容易ではない中、家賃の心配をしなくて良いのは大変に助かる。

とはいえ弁士というのは、特殊な職であるはず。

「それなら私ではなくて、弁士の教育を受けた人が良いのではないでしょうか。宗形様だっていらっしゃるでしょう」

「俺も忙しいしそいつがめんどくさい」

寝ていると思った宗形から端的に返ってきて、朱莉は地味に納得してしまった。

確かに智人はこの短期間でわかる面倒くささだ。

とはいえどうして朱莉だったのかという疑問は残るのだが。伊達に社会生活に揉まれていない。うまい話には裏があるし、甘い言葉は疑ってかかるべきだと知っている。もしや情報に疎く御しやすい人間が良かっただけではないか。

そこまで考えた朱莉に智人は肩にかけていた本鞄を外すと、朱莉に差し出してきた。

「僕はあなたに僕の言語りを持っていただきたいんです。受け取っていただけませんか」

嫌い、と言っているにもかかわらず切々と訴えられれば困惑するしかない。

朱莉が黙り込んでいれば宗形が付け足した。

「言語リに封じられた言神は、本の持ち主となったものに逆らえん。なんなら血の一滴でも垂らせば完璧だ」

「僕があなたの命に逆らうことはありませんが、そうすれば契約したことになり、あなただけしか言語リが使えなくなりますよ」

「いや重いです」

「そう、ですか」

どん引いた朱莉が即座に断れば、にっこりと言った智人は残念そうな顔になったもののあっさり引き下がった。

不要な契約はしないのが吉である。

そう、だから突っぱねるべきだと朱莉は自分に言い聞かせた。

この話がいくら魅力的だろうと、物語が人の形をとった神様なんかと一緒に暮らすなんて朱莉にとっては苦行に近い。受ければ生活がものすごく楽になるとしても。

要するに朱莉はものすごく悩んでいた。だって生活も大事なのだ。

朱莉がぐらついているのを知ってか知らずか、宗形は目を閉じたまま言った。

「智人を引き受けてくれるんなら、先に見舞金も出してやるぞ」

見舞金、つまり今の無一文から脱出できる。

す、と表情をなくした朱莉は一番大事なことを聞いた。

「さっきみたいな神魔を相手取らなければいけないことは」

「業務内には含まれていない。そういう事態がないとは言い切れんが、その言神を盾にして逃げて良い」

「あなたは僕がお守りいたします」

智人の言葉に朱莉はもやもやはあれど黙り込んだ。

宗形に押しつけられている気はするが、一応お互いに理由はあり、利害は一致している。ならば、切羽詰まっている以上朱莉に受けないという選択肢はなかった。

「会社の寮が再び用意されるまでの期限付き、口約束だけじゃなく書面にして契約していただけるならお受けいたします」

「ありがとうございますっ朱莉様」

ぱあと表情を輝かせた智人に身を乗り出されて朱莉はのけぞった。

触れれば切れそうな怜悧な印象が崩れてはいるものの、一応この言神は顔が良いのだ。

宗形はやれやれと息をつくと、うっすらと目を開けた。しかし寝そべる姿勢は一切崩さない。徹底しただらけぶりだった。

「しっかりしてるな。わかった、給与と業務内容について書いたものを作ろう。今日はあーそうだな。とりあえず文庫社に行ってくれ。場所は智人が知っている」

「はい、では参りましょう！」

立ち上がって腕を取らんばかりの智人に促された朱莉は、本と本鞄を手に取った。

智人から受け取った鞄の肩紐を調整して下げてみれば、なるほど具合が良い。

まさか自分が書物を持つことになるとはと複雑な気持ちになったが、自衛のためだと言い聞かせた。

「まあ、精々頑張ってくれ。必要なものは明日届けさせる」

宗形はこちらに見向きもせず、行儀悪く肘掛けに脚をかけて本格的に寝る構えだ。

その投げやりさが若干恨めしくなった朱莉だが、自分で決めたことである。

「あ、そちらの荷物は僕が持ちますね」

智人が朱莉の手提げを持ってくれたことに面食らいつつ、朱莉は智人に付いていった。


だがしかし。

ガス灯の灯る夜道を、宗形が用意してくれた車に乗って十数分。瀟洒《しょうしゃ》な鉄格子と生け垣に囲まれて、宵闇に威容を誇るその屋敷を見上げて朱莉は無言になった。

「ここが僕の居る文庫社です」

「まってください夜行さん」

「智人と呼び捨てで構いません。僕はあなたのしもべですから」

てれと言わんばかりに恥じらう智人を、朱莉は完全に無視して真顔で言いつのった。

「これは廃墟と言わないかしら」

外観だけでも屋敷の外壁にはびっしりとツタが絡み、前庭は手入れされていないのがはっきりわかるほど雑草が生い茂っている。

街灯にわずかに照らされているからこそ、不気味さが引き立っていた。

「大丈夫です、中は文庫社としての機能を十全に発揮していますから」

危機感を募らせる朱莉に気づかなかったように、智人が鉄格子の扉を開けば、ぎいいいと近所迷惑に思えるほどの音が響いた。

構わず草をかきわけるように飛び石を渡り、智人は両開き扉を開く。

「帰りましたよ」

智人の声と共に、ぱち、と室内の明かりが灯った。

電気はちゃんと通っているのか、とほっとした朱莉だったが室内をのぞき込んで無言になる。元は広々とした玄関だったのだろう。しかし謎の置物や木箱が所狭しと並びもはや床が見えなくなっていた。

「一応和式ですが、散らかっておりますので履き物のままどうぞ」

智人が言うままに朱莉が中に踏み込めば、靴底で砂とほこりの入り交じったものがじゃりじゃりと鳴る。少し気が咎めたが正直この中を素足で歩きたくなかった。

天井にはそこかしこに蜘蛛の巣がかかり、壁がはげている場所も見受けられた。

しかも電灯が寿命になっているものもあるようで、ちかちかと明滅している箇所があり、おどろおどろしさが増している。

「待って智人」

「はいっ」

朱莉が敬語をかなぐり捨てたにもかかわらず、奥へ進もうとしていた智人は嬉しそうに振り返る。が、朱莉の表情が険しいことに気がつくと不安そうにした。

「ここに人が住んでいたのは何年前？」

「最後に改築したのが三年前でしたでしょうか。それ以降は、特定の弁士が居座ることはありませんでした。ただ時々宗形が荷物を置きに来ましたね」

つまりは三年間誰も住んでいなかったということか。完全に空き家だ。

「ちなみに今日、私が寝る場所はあるの」

「寝る……？　あっ」

しまったと言わんばかりに小さな声を上げる智人に、朱莉は矛先を向けるべき相手を定めて恨み言を吐いた。

「あのおとぼけ不良軍人め……！　あえて言わなかったわね」

めんどくさがるといっても、すぐに住めない場所に追い込むとは一体何事だ。女として扱えとは言わないが人並みに扱って欲しかった。

朱莉がふつふつと湧いてくる怒りにぐっと眉間にしわを寄せて居れば、智人が眼前で深々と頭を下げていた。

「すみませんっ。人には睡眠が必要なことがすっぽりぬけていました。待っててくださいっ。まだ寝具は残っていたはずなので探してきます。だからその、やめると言わないでください」

「言わないわ。帰るところがないのはあなたが知ってるでしょう」

今にも泣きそうに言いつのる智人に、毒気を抜かれた朱莉は思わず苦笑した。

ようやく親に会えたにもかかわらず、置いて行かれるとでも思っているような必死さだ。

なぜこの言神が今日会ったばかりの朱莉にこだわるのかはわからない。

だが朱莉もただ善意で入れてくれたとは思わない。伊達に社会経験を積んでいるわけではない。頼れるのは自分だけ。それならこちらも利用するまでだ。

……正直深く突っこまない方が良いかもしれないという予感もあるのだが。

「とりあえず一番ましな部屋を教えてちょうだい。さすがに疲れたから、休みたいわ」

なにせ仕事の後に火事に遭って雷獣に襲われたあげく言神になつかれた上に軍人と言葉でやりあったのだ。さすがに体力が限界に近づいていた。

正直わけがわからないが仕方がない。明日からはとにかく忙しいことになるのだから。

心底ほっとした様子の智人の案内で、朱莉は屋敷の中へ足を踏み入れたのだった。

巻ノ二　言語り「マヨイガ」

「……きて……くださ……」

朱莉は誰かの声で意識が浮上した。まぶた越しに感じる室内は暗いようだ。

しかしながら人のしかも男性の声が聞こえるのはおかしい。朱莉の暮らす部屋の隣は男性が住んでいたが、このような声ではなかった。壁が薄いから聞こえてくるのだ。しかも今日は休みだったはず。

「起きてください。朝になりました。……ですがあなたの寝顔を拝見できる機会ですし、もう少し眺めるのも良いでしょうか」

照れを含んだその言葉に、昨夜の災難を思い出した朱莉はぱちりと目を開けた。

そこは薄暗い部屋だった。明かり取りのための小さな窓が数個あるだけの部屋である。

広々とした室内の壁には所狭しと棚が並べられ、箱状の棚……神書棚《かみしょだな》には一つにつき一冊、まるでご神体のように書物が奉られていた。

まるで、ではなく実際にご神体なのだろう。

なにせこれらはすべて言神が宿る言語リなのだから。

この部屋は言語リを保管する書庫で、常に一定の気温湿度を保つように部屋が作られており、清浄に保っているのだ。と、朱莉は昨夜説明されたことを徐々に思い出していた。

嫌いな物語しかも神々と眠るなんてと思わないでもなかったが、ここ以外に眠れそうな場所がなかったのだ。比較的マシな寝具を持ち込んで、朱莉はようやく一日を終えた。

そして現在、目の前にはうっとりとした喜色を浮かべる秀麗な青年がいた。

一分の隙もなく、昨日と同じような洋装を身に着けている。

「おはようございます朱莉様」

「起こしてくれるのはありがたいけど、次は普通に声をかけてくれないかしら」

寝顔を見るのは百歩譲って許すとして、正直寝起きにぶつぶつと呟かれるのは気色悪い。

朱莉が苦言を呈すれば、智人は首をかしげる。

「普通、とはどう言ったことでしょう」

「初対面に等しい女の寝顔を堪能しようかと言わないこと」

「だめなのですか」

「そもそも女性が寝ている部屋に入るのも非常識よ」

「そうなのですか!?」

智人に心底驚かれた朱莉は、朝からどっと疲れた気がした。

厳密に言うのであれば部屋に無断で入るのも非常識なのだが、人に見えてもこれは言神、人あらざる者なのだなと言い聞かせて納得する。自分が女学生だったらきゃあと叫びもしただろうが、彼の態度を見れば手を出される心配もないのは明白だ。

それにと朱莉が考えていれば、驚きから脱した智人が神妙な顔で進言してくる。

「ですが僕はお仕えする身ですので、入室と寝顔を拝見するのはお許し願えればと」

「なら夜行様と呼ぶけど」

「以後気をつけます」

昨日の夜、呼び捨てされるのにこだわっていたことを思い出して言えば、智人は即座に手の平を返した。そんなに嫌か敬称付けは。

「言神とは西洋でいう使い魔のようなものです。神であると同時に弁士に仕える従者ですから、僕に敬称を付ける必要はありません」

「つかいま？　と言われてもよくわからないけど……わかったわよ」

早くも彼のあしらい方を会得していることに、朱莉は微妙な気分になりつつも起き出しかけたのだが。畳んで着物を広げてにっこりとする智人に無表情になった。

「お召し物はこちらでよろしいですね。お着替えを」

「今すぐ着物を置いて出て行かなければあなたに敬語を使い続けますわ」

「はい？」

「着替えは一人でできますから出て行ってくださいと言っておりますの！」

「あぁっせっかくの従者らしい仕事なのに！」

朱莉に着物を取り上げられた智人は、この世の終わりのような声を上げたのだった。


着替えと言っても昨日と同じ銘仙の着物だ。下着のたぐいもすべて燃えてしまったため同じものを身に着けるしかないが仕方がない。気が進まないが靴も履く。

若干すすけた着物をはたきたい気持ちになったが、ここではたくのは控えた。

神棚の並ぶ場所を寝床にしたのも気が咎めたのに、そんなことまでしたらなんだか罰が当たってしまいそうだ。

着替えを終えた朱莉が扉を開ければ、しゅんとしながら待っていた智人がぱっと表情を輝かせて立ち上がった。犬の幻覚が見えた気がした。

「改めましておはようございます。朝食を用意しております」

「ちょうしょく」

朱莉の声が渋くなるのは仕方がないと思うのだ。

日の光が差し込む中で屋敷内を見た朱莉は、改めて荒れ具合に閉口する。

壁にヒビが入っていたり、床の塗装がはがれていたりするのは序の口だ。廊下がひどく入り組んでいたり、次の廊下へ進むために部屋を横切らなければならなかったり、不必要な階段や扉が残されている。おそらく、智人がいなければ外に出るのも難しいのではないだろうか。まるで子供が思い付きで積み木を積み重ねたようないびつな家だった。

これが標準的な弁士の住処なのであれば、弁士というのはたいそう変人だろう。

それはともかく。このような設備に期待できない場所で、人間に対しての常識が欠けている言神の出す朝食である。

生米でも食わされるのだろうか、と朱莉は戦々恐々としつつ慣れた様子で歩く智人に付いていったのだが。食堂に着いた途端、あっけにとられて立ち尽くした。

「どうかなさいましたか」

「きれいだ」

そう、食堂は別世界かというほど綺麗だったのだ。

天井には蜘蛛の巣一つ床にはちり一つなく、空気も入れ換えられたのか澄み渡っている。さらに殺風景でも長机と椅子は綺麗に磨かれており、清潔そうな布がかけられている。心なしか窓から差し込む日の光も清浄に思えた。

「どうぞお座りください」

朱莉が今までの空間との違いに呆然としながらも、智人に促されて椅子に座れば、そこに並んでいたのは絵に描いたような洋食だった。

曇り一つない陶器の皿に丁寧に盛られているのは、小松菜や京菜などの若葉を合わせた生野菜だ。いわゆるサラダというものだろう。隣の皿にはこんがりきつね色に焼かれたパンが盛られており、小皿にバターとジャムが添えられていた。一緒に並べられている卵は、予想が正しければゆでられているに違いない。

女性雑誌で紹介されているような、西洋の朝食風景がそこに広がっていた。

「今お茶をお持ちしますね」

「え、まって智人。あなた料理できたの？　というかこの部屋だけどうしてこんなに綺麗になっているの」

朱莉が我に返って引き留めれば、智人は気恥ずかしげに答えた。

「その、昨日の会話で人になにが必要なのか無知だったと気がつきまして。昨夜、書物で人の生活についての知識を仕入れつつ掃除をいたしました。ただ一晩だけでは厨房とこの食堂しかできなかったのですが」

「夜に掃除をしたの!?　本を読みながら!?」

「はい、言神に睡眠は必要ありませんので。本来ならここにスクランブルエッグなどを添えるとありましたが。火の扱いはうまくいかず焦がしてしまいまして。湯を沸かして卵をゆでたりお茶を入れるのが精一杯でした」

心底申し訳なさそうに言う智人に、朱莉は絶句した。

よくよく見てみれば、テーブルに並んでいる中で、包丁で切っただろうサラダ以外、並べるだけのものだ。簡単だと言えばそうなのだが、より美しく見えるように心を配ったことは朱莉が食欲をそそられるところからして容易に想像が付いた。

「ちなみに食材は、近くの店で購入して参りましたから新鮮ですよ。黒江にも確認してもらいましたから」

「くろえ、あ、あの不良軍人の言神様？」

「言神、と呼び捨てで構いません。ええ、先に見舞金だけ届けられました。契約書類はまた後でだそうです。事後承諾になりますが、お金は一部使わせていただきました」

「いや、うん、構わないけど」

智人が頭を下げるのに朱莉は頷くので精一杯だった。

まともなご飯が出てくるとは思っていなかったのも一つだが、智人が彼なりにまじめに朱莉へ仕えようとしているのが伝わり、戸惑っていたからだ。

伊達や酔狂で一晩かけて掃除して、慣れない調理をしようなんて思わない。

なにせことあるごとに、めんどくさがって外食で済ませようとする朱莉が言うのだから間違いない。

朱莉の思惑としては、神様の気まぐれが発揮されているうちに、生活を立て直せればくらいに思っての契約のつもりだった。その気持ちは今でも変わらないのだが、智人という言神がますますわからなくなってしまった。

だがやることは山積みなのだ。深く考えるよりもこれからのことを考えよう。

「ありがとう智人。とりあえず、いただきます」

ひとまず腹ごしらえだ、と朱莉は目の前の朝食を神妙に食べ始めたのだが。

「……なに？」

「お礼を言ってもらえただけでなく、僕のご用意した物を召し上がられてる……」

「ごめん、早くお茶持ってきてくれるかしら」

見直しかけたが、ものすごく残念なのは変わらない。

ただ、ぱあと表情を輝かせて喜ばれれば悪い気はしない。

ちなみにお茶は緑茶で、恐ろしく苦い代物が出てきた。なんだか少しほっとした。


「とりあえず掃除をしましょう」

朝ご飯を綺麗に平らげ、不良軍人宗形の簡素な手紙を一読した朱莉はそう宣言した。

家財道具の一切合切を失ってしまったため、買い出しも必要だったが、まだ朝の早い時刻でたいていの店は開いていない。先に自分の寝床を確保するほうが、時間の有効活用になる。正直あんな心臓に悪いところで二晩眠るのは勘弁したいのだ。

ちなみに宗形がよこしてくれた封筒には、朱莉の月給の約半分が入っていたので不良軍人呼びは封印することになった。資金は正義。

一応昨日の電話で隅又商事から数日の休暇をもぎとっているため、その間に朱莉はなんとかしてこの文庫社を住めるようにすることが任務だ。

「あの玄関の荷物もどうにかしたいし、最低でも部屋は一つ空けたいし、お手洗いも掃除したいわ。智人、掃除道具はどこかしら」

台所以外の水回りがひどかったのだ。ただ内風呂には大変に心が引かれるものがあるため、なんとしてでも使えるようにしたい。

「では、この家の言神を呼び出してみませんか」

着物の袖をたすき掛けしていた朱莉が、酸っぱい梅干しに当たった顔で振り返ると、智人は眉尻を下げていた。

「そんなに言神はお嫌ですか」

「嫌なのは物語を読むことよ。弁士のまねごとをしなくて良いって言っていたじゃない」

朱莉が抗議すれば、智人は少しだけほっとした色を浮かべながら言った。

「はい、もちろんその通りなのですが。この家は言神によって管理されていますので、家の中をいじるのであれば彼女の許可が必要なのです」

「言神が家を管理しているって、戦うだけじゃないの？」

「言語りに封じられるものに荒魂《あらみたま》……戦を得意とする者が多いのは事実ですが、本来の役割は神々を奉るための器です。朱莉様は、祭りで弁士たちが言神を呼び出して催す祭事を見たことはありませんか」

「いや言神関連はもちろん、物語は全力で避けていたから」

「……宗形が語った時も、お辛そうな顔をされていましたね」

まさかばれていたとは。

朱莉が驚いて智人を見れば、まるで自分が痛みを覚えているかのような沈痛な表情を浮かべていた。しかしそれもすぐに消え去る。

「とにかく様々な性質を持つ人がいるのと同様、様々な言神がいるのですよ。僕も戦闘力のない言神ですし、存在を保つために言語リに封じられる言神のほうが多いくらいです」

確かに祭りやめでたい場に、弁士が呼び出されて花を舞わせることは珍しくない。

てっきり言神というものは荒魂を封じるだけかと思いこんでいた朱莉は、今更気づいてきまり悪さを覚えていたが、一つだけ気になることがあった。

「あなたが雷獣を蹴り飛ばしていたのは戦闘力では」

「あれは火事場の馬鹿力です」

なるほど言いえて妙だと朱莉が納得していると、智人は丁寧に続けた。

「この文庫社は特殊な霊場となっていますから、言神は名を呼ぶだけで実体化できます。ここでは言神も住民となりますので挨拶だと思って呼び出していただけませんか」

朱莉は昨日泊まった書庫に並んだ言語リの列を思い出して少し考え直す。

確かにこれからしばらく世話になるのに、住民に挨拶しないのは良くない。

「本当に、名前を呼ぶだけで良いのね」

「はい。ではこちらを」

微笑む智人が早速と言わんばかりに言語リらしき書物を差し出してくる。

用意周到だと苦々しく思いつつも朱莉はその言語リを受け取った。

装丁は丈夫そうな厚い紙の和綴じ本で、題名には「言語リ　マヨイガ」と墨書きされていた。朱莉は少し違和を覚えたが智人の説明を聞くことに集中した。

「言語リには、はじめの数頁に封じられている言神の概略が載っており、その次の頁から彼らの逸話を記録した伝承が綴られています。言神を呼び出すにはまずはじめの頁を開き、封じられている言神の分類と、名付けられた名前を読み上げてください」

逸話、という言葉に朱莉はこくりとつばを呑んだが、なんとか墨色の表紙をめくりはじめの頁に太字で描かれたそれを見る。名前をなぞるだけだ、問題ない。

そして宗形の呼び方を思い出して声に出した。

「〝定義されしはマヨイガ、名を真宵《まよい》〟」

開いた頁から、墨色の文字が緩やかに立ち上った。

墨書きの流麗な筋は流れるように虚空を躍ると、朱莉の前に渦巻くように凝っていく。

見惚れていた朱莉がぱちりと瞬けば、墨のように黒々とした髪が舞い散った。

眼前に浮かび上がるように現れていたのは、五歳ほどの少女だった。

日の光すら吸い込むような黒髪は、体を隠すように伸び床でとぐろを巻いている。

その隙間から垣間見える彫りの浅いあどけない顔立ちは、驚くほど整っていたが表情はなく、まるでつくりもののようだ。着ているのは肩揚げされた黒い振袖だったが、朱莉は袖や襟にレースがあしらわれていることに驚いた。しかし影のようにたたずむ様は和式と洋式が混合する奇妙な屋敷の中で妙にしっくりきていた。

言神が顕現する様子に慣れず、見入ってしまった朱莉だったが、自分がやるべきことを思い出す。

「はじめまして。昨日から住み込ませてもらうことになりました管理人の御作朱莉です」

「しってる」

あ、しゃべったと朱莉は身もふたもないことを思った。それだけ綺麗で愛らしく、浮世離れしていたから仕方がない。

「じゃあその、これから掃除と片付けと不要品の整理をさせてもらうわね」

ただ声の幼さに似合わないその硬質さに少々朱莉は違和を覚えていれば、真宵は黒々とした瞳でじっと恨めしそうに見上げてきたのだ。

「てつだわないから」

「真宵っ！」

智人が咎めるように名を呼べば真宵はぎっと彼を睨みつけると、黒髪を翻して姿を消してしまったのだ。

敵愾心《てきがいしん》たっぷりの態度に妙な沈黙が降りる中、智人が朱莉の前に膝をついて頭を下げた。

「申し訳ありません朱莉様！　真宵が失礼なことを」

「その前に質問」

この言神の唐突な行動に慣れつつある自分を感じつつ、朱莉は顔を上げる智人に続けた。

「あの子はあなたと何年前から居るの」

「ええと僕がここに来てからですので、もう十年ほどになるでしょうか」

「仲は良かった？」

「一応僕は文庫社の管理言神という立場でしたので、顔を合わせて会話をする程度は」

「そりゃ当然だわあなたが悪い」

信じられないと言わんばかりに目を見開く智人に、朱莉は痛む気がする頭を押さえた。

「ねえ、言神っていうのはずいぶん人間くさいというか、意思があるわよね」

「はい。言語リに封じられることで存在を定義されますので、その時に多かれ少なかれ自我が生まれますから」

「それなりにつきあいの長い相手が、なんの相談もなくいきなり知らない人間を連れてきたら拒否反応起こすわよ」

言神と人を同列に扱うのは違うのかもしれない。だがあの稚《いとけな》い反応は親を亡くして親戚の間を渡り歩いた朱莉には見覚えがありすぎた。

智人の話によれば、彼女はこの屋敷の持ち主のようなものなのだろう。それならば自分の仕事場を荒らされるようなものだ、余計受け入れられないに決まっている。

さて厄介なことになったと朱莉が思案していると、なぜか智人が恐る恐る訊ねてきた。

「怒って、おられないのですか。命《めい》に従わない言神ですよ」

質問の意味がわからず朱莉はきょとんとしたが、そういえば相手は人あらざるものであり、一応は人に力を貸すために作りだされた存在だと思い出す。

「真宵は家の管理、手入れをすることを得意とし、それを役目としてこの文庫社にいます。明らかな職務放棄です」

「だって私は弁士じゃないわよ。ただの居候。私だってあんなかわいい子従えたいと思わないし家だけあれば良いんだもの」

むしろ言神などという未知の存在と暮らさなければならない中で、自分にもわかる反応を返してくれた真宵は大変に親しみが持てた。

この奇々怪々な言神よりもずっと。と朱莉はじっとりと智人を見下ろす。

「それに住民がいる時点でこういう事態を考えてなかった私も悪いし、もっと悪いのはあなただもの」

「僕ですか!?」

「だってあなたあの子裏切っているのよ、わかってる？　昨日冷たくされてなかった？」

「そう言えば、昨日の夜はいくら話しかけても応じなかったような」

考え込む智人の表情に理解が及ぶのに、朱莉はやっとかと思いつつ腰に手を当てた。

「とりあえず彼女には悪いけれど、私はここに居させてもらわなきゃいけないの。片付けも掃除もしちゃだめとは言われなかったからするわよ。あなたが使った掃除道具はどこ」

「は、はあ。こちらです」

困惑しながら立ち上がる智人の案内に、朱莉は付いていったのだった。


まず二階に自分の寝床となる部屋を決めた朱莉は、生活の場となる玄関と自室、それから食堂に至るまでの通路の片付けと掃除を第一目標とした、のだが。

「なんで、こんなに、物が、多いの！」

手ぬぐいで口元を覆った朱莉は一階のひと部屋に、廊下を埋め尽くしていた箱の一つを空き部屋に置き直した。これの中身はなんだかわからない置物の詰め合わせだった。

玄関に積み上げられていた箱の中身は、置物や陶器の食器をはじめとした美術品らしきもの、美術品ともいえない古道具などだった。

さらに他の部屋も改めてみれば、刀剣や農具などなぜここにというような物品がしまい込まれていたのだ。部屋の一つに地蔵が並んでいた時はもはや途方に暮れた。

　朱莉と同じように荷物を運ぶ智人が、朱莉の言葉を拾って律義に答えてくれた。

「これらはすべて今までの弁士が置いていったものですね。古い物には神魔が憑《つ》いて居るものがありますので、それを言語リに移してゆくのも弁士の仕事なのです。これはその抜け殻ですが、骨董屋に引き取られるまで一時保管していくうちにこのような量に」

「倉が必要な案件だと思うんだけど」

「いちおう、倉もあったのですが、何年か前の弁士が取り壊してしまいまして」

　その弁士を朱莉は小一時間ほど問い詰めたくなったが、問題はまだある。

　心情的にもっとも厄介だったのは、部屋の半分以上に積み上げられた本の山だ。

「なんでこんなに本があるのかしら。これ言語リじゃないんでしょ」

　その大半は古新聞や雑誌、書籍本のたぐいらしい。活字で印字されているそれはかなりの財産になるはずだが、こうも無造作に大量に置かれていればありがたみは一切ない。

　積み上げられ方が悪かったらしく、どさりと落ちて開いた本の頁が読めてしまい、朱莉は顔をしかめた。

「しかも、物語ばっかりだし」

　ちらっと題名を確認したかぎりでは専門的な本もあるようだが、大半は文学小説などの架空の物語だ。娯楽に読まれるような本がどうしてこんなに沢山あるのだろう。

朱莉が落ちた本を極力中身を見ないようにつまみ上げて戻していれば、智人が困惑したように言った。

「本もお嫌いですか」

「ただ作られた話が生理的に受け付けないだけなの。こう背筋がむずむずというかぞわぞわとしちゃって」

朱莉が通った女学校では女流作家による少女小説が流行っていたが、全く読めないせいで浮いていたくらいだ。読書感想文をしたためろという課題に、エーゲル語の教科書について書き連ねた猛者は朱莉くらいだろう。ふざけていると取られたものの、訳文が秀逸だと間を取って乙になったのは、しばらく語り草になった。

会社勤めになってからは縁がなくて快適だと朱莉がしみじみとしていれば、智人がものすごく悲しそうな情けない顔になっていた。

「そう、ですか。そんなにですか」

「だってどんなに正確に書こうとしたって、形にした途端、別物になるでしょう。ないものをあるように見せるのが、ゆがんでいるように思えるの」

おそらくそこに尽きるのだと思う。特に昔話系は鬼門だった。

一応「昔こういうことがありました」という体《てい》を取っているけれど、それが本当にあったかどうかは語っている人にすらわからず無責任に伝えられていく。その宙ぶらりんな感じがだめだった。それを楽しむ人種が居ることも知っているし、朱莉も否定する気はないが、己は楽しむ気になれない。それだけの話なのだ。

苦い思いを抱えながら答える朱莉に、智人はもの言いたげな表情をしていたが、話を元に戻すようだ。

「その、なぜこんなに本があるかですが。これはかつての弁士が残していったものや、宗形が面倒くさがって押し込めに……こほん。もとい置いていったものですね。弁士の〝語り〟の言い回しや語彙を鍛えるのには多読が一番らしくて、本はたまる一方なのだそうです。ただこの屋敷には普通の書庫がないので……」

「そもそもこの屋敷の設計が間違っているのでは」

ここは弁士のための施設ではなかったのか。と朱莉が素直に疑問を呈すれば、智人は苦笑を浮かべた。

「初期の設計図を見る限りはあったのですが、途中で消えてしまいまして……あ、ここに置きますね」

消えた、という表現に朱莉は違和を覚えるが、智人はどすんと重そうな音を立てて複数の箱を置いた。言神である智人は細身の優男に見えようと、並の男以上の身体機能があるらしい。おかげで荷物運びは終了したが。

「さて、これでやっと掃除に移れるけれど、も」

朱莉が部屋から出ようとすると、唐突に扉が閉まった。試しに取っ手を回してみれば、鍵までかけられている。

またか、と朱莉は顔を引きつらせた。隣では怒りと申し訳なさのような色を浮かべた智人が頭を下げた。

「すみません、真宵がまたいたずらを……。こうなったらすべての扉をぶち抜いて……」

「そうしたら真宵ちゃんが余計拗《す》ねるわよ。窓から出て外から開けてみてくれる？」

「かしこまりました」

窓の鍵を開けて出て行った智人は、すぐに外から扉の鍵を開けてくれた。

ちなみに扉の前には残っていた古道具が積み上げられていたという。

無事に外に出た朱莉がふと振り返れば、廊下の奥で翻る黒髪が見えた。

「こら、真宵！」

智人も見つけて追って行くが、すぐに見失ったらしく肩を落としていた。

朱莉たちは真宵によって地味な妨害を受けていた。

彼女はこの屋敷の中を自由に動き回り、縦横無尽に地味な嫌がらせをしかけてくるのである。やること自体は扉を閉めたり歩いて行く先に物を置いたりといった程度だったが回数が多く、朱莉も少々困っていた。

一応真宵の言語リは朱莉が肌身離さず持っているため、直接危害を加えることはないらしい。本を持った相手に名前を呼ばれると、その相手の命令を聞かねばならないからだ。

とはいえ直接手を出しこそしないものの、いっそあっぱれなほどの嫌がらせをしかけてきていた。

視線を感じたと思えば、黒々とした髪や振袖が翻り去るのを何度も見かけ、監視されているのもひしひしと感じる。

それでも朱莉はめげずに智人と共に箒《ほうき》とぞうきんを構えたのだが、移動ごとに扉が閉められるのは当たり前。バケツは倒され、ぞうきんは目を離したすきに高い照明に置かれ、箒は足を引っかける場所に置かれていた。朱莉は見事に引っかかった。

なんとか掃除を終わらせたと思えば、最後には部屋に移動させておいたはずのがらくたが、廊下に綺麗に並べられているのを目の当たりにした朱莉はその場に崩れ落ちた。

部屋を見に行っていた智人はもはや平身低頭だった。

「本当に申し訳ありません……朱莉様の自室にも本が積み上げられておりました」

「なるほど、あっちも折れる気はないと」

本が嫌い、と言うのをどこかで聞いていたが故の選択だろうとはいえ、智人と朱莉の二人がかりで移動させた荷物を一人で移動してのけたのだから、気合の入れ方が違う。

「とはいえ、さすがにここまで来るとしんどいわね……」

「言語リはこちらにあります。これ以上悪化する前に禁じることは可能ですよ」

「そうなの」

「はい、言語りにはそれだけの力があります。言神にとって分身同然。傷つけられれば弱体化しますし、持つ者に逆らうことはできません」

「それ厳しすぎないかしら!?」

先ほどよりも真摯な声音で提案する智人に、朱莉は思わず今も斜めに下げている本鞄に触れた。命のようなものを預かっていると言われてしまえば怯《ひる》んでしまうのも当然だろう。

「どうなさいますか？」

真顔で問いかけてくる智人に、朱莉は息をついたあと立ち上がった。

命じるか命じないかを問われているとわかっていたが、はなからやる気のないことを取りざたしても仕方がない。片付けは怪しい限りだが、最低限の埃は追い払えている。

「先に買い物に行くわ。智人、付いてきてくれるかしら」

智人の瞳が大きく見開かれた。なにか驚かれるようなことを言っただろうか。

「良いのですか。僕が家に残って片付けをすることもできますが」

「買わなきゃいけないものが山のようにあるのよ。私一人じゃ持ちきれないわ。男手が居てくれると助かるの」

「僕がお役に立てますか！」

「さっきからそう言ってる。このあたりにあるお店も知らないの。教えてちょうだい」

たすきを外した朱莉が言えば、ぱっと表情を輝かせた智人が恭しく頭を下げた。

それはどう見ても、朱莉から仕事をもらえて嬉しがっているように見える。

やはりよくわからないな、と思いつつ朱莉は埃っぽさをなくそうと着物を軽くはたいた。

視線を巡らせても真宵の引きずるほど長い黒髪の影はないが、きっと見ているだろう。

朱莉は聞こえるように大きな声で言った。

「じゃあ真宵ちゃん、外に買い出しに行ってくるわ。留守をお願いね」

たん、とどこかから軽い足音が聞こえた気がした。


文庫社のある周辺は閑静な住宅地のようで、隣の住宅まで距離があった。

昨日はあたりが暗くてどこだか把握できていなかったが、智人の案内で大通りに出た朱莉は、その猥雑で繁華な雑踏を前に察した。

「このあたりってもしかして親宿《しんじゅく》？」

「はい、この辺りは以前は都心から離れていたらしくて、多くの文庫社が立てられました」

「都心から離れてって、近いほうがいいんじゃないの？」

「万が一に言神が暴れ出した時でも被害が少ないですから」

「あーなる、ほど」

改めて自分が厄介なことを引き受けていることを改めて思い知り、朱莉は顔をひきつらせたが、智人は気づかなかったようだ。

「今では繁華街になってしまいましたが、軍人や弁士も数多く住んでいるようですよ」

朗らかに言った智人の背後の大通りを人力車が駆けていった。

親宿は帝都の端に位置し、現在急速に発展し始めている区域だ。路面電車の駅ができて都心からの交通の便が良くなったために、百貨店や劇場、カフェー。ミルクホールなどが進出し、新しい文化を求めてダンスホールに若い男女が集《つど》っていた。

また家賃が安価な住居も多かったことから、文士や画家など芸術に従事する人々が集まり、少し不良めいた混沌とした文化の発信地となっていたのだ。

少々治安に関しては不安になった朱莉だったが、それも含めて確認すれば良いだろう。

一歩後ろを歩いていた智人が問いかけてくる。

「まずはなにを購入されますか」

「軽いものから行きたいわね。仕事用の着物と、化粧品も買わなきゃ」

「お着物でしたら文庫社内にいくつかございましたが」

「……さすがに血のしみがついた着物は着れないわよ」

「すでに宿っていた神魔は、言語りに封じられておりますが」

「そういう問題じゃないのよ」

心底不思議そうにする智人に、朱莉は肩をすくめて見せた。

すでになにも宿ってはいないと言われても、気味が悪いと思う朱莉は悪くないだろう。とはいえ道具の中には使えそうな櫛などがあったのも事実なので、幾つかはありがたく使わせてもらうことにした。

智人が言うには処分に困っていただけで使う分には問題ないらしい。ただ来歴を聞いては使えなくなる気がしたので、説明しようとする智人の口はふさいだものだ。

「さて、まずは腹ごしらえね。ってそういえばあなた、ご飯は食べられるの」

二人で食事処に入ろうというのに、一人前しか頼まなければ店の人に失礼だ。

朱莉がしまったという気分で見れば智人はあっさりと言った。

「必要ありませんが食べられますし、その間だけ言語リに戻っていることもできますよ。……戻っていましょうか？」

「そんな捨てられた犬みたいな顔して言わなくてもいいわ。むしろ前に座っていて」

「居ても良いのですか？　僕と行動するのが嫌なのだと思っておりました」

距離を取っているのに気がついていなかったわけではなかったのか。朱莉はきまり悪く思いながら、驚いた顔をしている智人に説明する。

「女はお店では一人で食事をしないっていうのが世間の認識なの。だからあなたが視線よけになるのよ」

職業婦人が浸透してきたおかげで女性への風当たりは少しだけ和らいだものの、白い目で見られることはなくなっていなかった。

働いているのだから、外で一人で食事を取るのも当たり前だろうと朱莉は思うのだが、世間はそうは思ってはくれない。実際に女性を雇っているはずの隅又商事ですら、外で食べてくると言えば顔をしかめられるのだから、不思議なものである。

「職場の近くでは気にしてられないけどね。解決できる方法があるのなら利用したいわけ」

「実際にお聞きしてもとても不可解ですが、お役に立てるのでしたら喜んで。視線よけにお使いください」

嬉しそうに頭を下げる智人に、朱莉は少しほっとしたと同時に心の中で苦笑した。

本当に人間の常識を知らないらしい。いや、これは知識としてはあっても実感がわかないという雰囲気だろうか。男性と女性が一緒に歩いていれば夫婦、または婚約者と取られるのだが、知り合いが誰も居ないのだから全く問題ない。

それに一応男性に見える智人が、不思議な顔してくれて少し気が紛れた朱莉は言った。

「ねえ、牛丼の店どこかにないかしら」

けして、昨日の牛丼がうらやましかったわけではない。

朱莉は無事に牛丼を満喫したあと、智人の案内で生活用品を買いそろえていった。

幸いにも親宿という街は流行の発信地だけあり、古着屋から百貨店まで歩いていける距離にあったのが幸いし、覚悟していたよりも歩き回ることはなくそろえることができた。

衣類をはじめとして、ぼろぼろになっていた布団の覆いや、細々とした生活用品はもちろん、お勤めに必要な化粧道具は特に奮発した。

「いや、わかっていたけど疲れたわ……」

「お疲れ様でした、どこかで休憩されて行きますか」

「いや八割ぐらいあなたが原因なんだけど、まあ良いわ」

よろよろと最後の古着屋を制覇した朱莉は、若干恨めしく傍らを歩く智人を見上げた。

買い物自体は大変順調だったのだ。なぜなら資金は潤沢、贅沢はできないものの欲しければ悩まずに購入を決められた。

だが顔の良い男をつれているとやたら目立つ、というのも完全に忘れていたのだ。

三つ揃えの背広に身を包んだ智人は華族の子息、百歩譲っても格の高い屋敷の使用人だ。そんな存在が着古した銘仙を着た朱莉の後ろをくっついて、終始丁寧な言葉遣いで話しかけてくるのである。

二度見三度見は当たり前。どこでも朱莉が女中の立場ではないかと珍妙な顔をされた。

さすがに下着の布を買う時は追い出したが、それ以外は一体どんな関係だと毎度見比べられて辟易《へきえき》したのだった。

「白粉《おしろい》に眉墨に頬紅ですか。朱莉様にはどれも必要なさそうに思えますが」

最後の立ち寄り場である化粧品売り場から離れた途端、発せられた智人の一言に朱莉は脱力する。

「社会人のたしなみとして必要なのよ」

化粧品売り場で働く美容部員たちの視線がとても痛かった中で、それを言わなかったことを喜ぶべきなのか。これを褒められていると取るべきなのか悩ましい。

けれど、強く咎める気は起きなかった。

朱莉が選んだのは練り白粉より薄付きになる水白粉と眉墨、最近流行している頬紅だ。今は血色をよく見せるために頬に紅を差すことが流行っており、実際に試してみたが朱莉の肌にもなじんだために購入を決めた。

それらを選び取るまでに美容部員らと散々相談し化粧を試している間、智人は放っておかれた形になったにもかかわらず、一切文句を言わずに待っていてくれたのだ。

まさに従者の鏡ともいうべき態度で荷物番をしていた智人を、なんとも言えない気分で見上げていた朱莉だったが、不意に智人と視線が合う。

智人はなにかに気づいたように目を見張ったあと、ゆっくりと細めた。

「ああでも、朱莉様のお顔にその紅はとても映えますね」

なんともしみじみと言われてしまった朱莉は、紅が必要ないくらい頬に熱がともるのを感じた。今日一日でいったいどれほどの賛辞をもらっているのだろう。着物を購入した時も似たような勢いで褒められた。

散々化粧品を試させてもらったために、今の朱莉は常よりも華やかに化粧を施されている。己でも悪くない顔になっているそれを褒められれば、賛辞に照れてしまうのは当然だ。それに智人はかなり待たせることになったにも関わらず、気分を害していないどころか。

「あなた機嫌が良い？　かしら」

図らずとも零《こぼ》れた言葉に、智人は瞬くと柔らかく微笑んだ。

「はい。こうして朱莉様と外を歩けることが嬉しいのです」

「荷物持ちにしているだけなんだけど……」

「もちろん！　朱莉様のお役に立てることも一つですとも！」

満面の笑みではしゃぐ智人の勢いに朱莉は若干身を引きながらも、なんとなく釈然としないものを覚える。出会ってまだ一日にもかかわらず、気づかいをされているというにはあけっぴろげすぎる好意を、どう受け止めていいかわからないのだ。

ただ、好意を向けられることに慣れていない朱莉が、気にしすぎている可能性もある。

困惑で済んでいるのは、色めいたものを感じないからだろう。

だから朱莉はあいまいに頷いたあと、話をそらした。

「というか、そんなに持って大丈夫なの」

智人の背には、今まで買ったすべての品を包んだ大風呂敷が背負われていた。

きちんとした格好をしているからこそ、庶民的な大風呂敷が似合わないことこの上ない。

しかし智人は風呂敷を背負い直しながら、あっさりと言った。

「重さとしては全く負担になりませんのでお気になさらず。朱莉様には言語リを持っていただいてますから」

なんとなく強くもいえず、朱莉は肩から斜めに下げている本鞄を撫でた。

今この中には智人と真宵の言語リが入っている。鞄は飴色をした革製で、しっかりとした作りのためそれなりの重さがある。とはいえそれ以外が持てないほどでもない。

荷物持ちにすると宣言していたものの、さすがに気が咎め荷物を分けてもらおうと進言したのだが、智人は頑として譲らなかったのだ。

結局朱莉が持っているのは、化粧品などの細々としたものだけである。

「僕ら言神にとって、言語リというのはそれだけ大切なものなのです。だから万が一の時は守っていただけましたら助かります。その鞄は多少の水濡れならば問題ありませんから、肌身離さずいてくだされば十分です」

「……先に言っておくけど、会社には持って行かないわよ」

「駄目、ですか」

朱莉がいちおう釘を刺してみれば智人は眉尻を下げたが、ここを譲ることはできない。

本当にしょんぼりとしているが、仕事に関係ないものを持って行けるほど余裕はないし、これほど目立つものを仕事場で下げていたら聞かれることは明白だ。没収でもされたら目も当てられないだろう。

「そんなに大事なら、なにがあるかわからないところになおさら持って行けないわ」

「なる、ほど。そういうことでしたら仕方ありませんね」

朱莉が言えば智人はかすかに目を見開いた後、納得してくれたようだ。

この言神はやっぱりよくわからないと思いつつも歩いていると、貸本屋の前を通った。

庶民はおいそれと新刊を買えないため、本を読むために利用されるのは新品の本の十分の一で借りることができる貸本屋だった。

書物に宿る神がいるため身近に感じるのか、帝都では一町につき一軒は本屋があるのが普通だ。比較的新しい盛り場である親宿も例に漏れないらしい。

自分のものではなくとも本を読むことができる。それは人にしてみたらありがたいことだが、本からしてみたらどんな気持ちなのだろう。

朱莉は意識の外に追いやっていた、言神の童女の恨めし気な顔を思い出した。

「真宵ちゃん、家でどうしているかしら。なるべくなら私の使う部屋に荷物を詰め込んで居ないと良いんだけど」

「いえ、真宵は今そこに居ますよ」

あっさりと智人に告げられた朱莉は、一瞬聞き逃しかけた。

智人の視線はしっかり本鞄を向いている。

「待ってどういうこと？」

「言神は本体である言語リから一定以上離れると言語リに戻るのです。ましてや朱莉様は言語リを語って顕現させたわけではありませんから、文庫社から出た途端、実体は解けておりますよ。真宵は今言語リの中で眠っています」

「だからあなたは持ち出すのにこだわっていたのね……」

どれだけの惨事と対峙しなければならないかと身構えながら出てきただけに、朱莉は安堵のような肩すかしを食らわせられたような気分だ。

朱莉が嬉しいはずなのにやりきれない気持ちを持てあましていれば、智人が迷うようなまなざしを向けていた。

「あの、真宵のことなのですが」

「そうよ、なるべく早く関係修復しときなさいよ」

「いえその朱莉様は僕が原因と考えられているようですが、恐らくもう少し根が深いかと」

声の色が先ほどとは違い静かな気がして、朱莉が見返せば智人は神妙な面持ちで続けた。

「僕は朱莉様以外にしたがう気はないので、文庫社に赴任してきた弁士たちからは距離を置いていましたが、真宵はその全員に従っておりました。言語リを握られたからではなく、彼女の意思で」

さらっとものすごいことを言わなかったか。と朱莉は引っかかったが、今は真宵について知ることが大事だと、黙って智人の話を聞くことにした。

「彼女はマヨイガとして定義されて能力を得たことで、文庫社の管理をする言神としての役割を与えられました。元々家に憑く霊であり、家を保つこと、住み良い環境に整えることを喜びとしていましたから異論はなかったようです。ですがここに赴任してきた弁士たちは皆、彼女を正しく扱うことはなかった」

「……弁士たちがあの子に暴力でも振るったの？」

想像した朱莉が顔をしかめると、智人はほんの少し悲し気に表情を沈ませる。

「いいえ、読まずに語って命じたんです『より良き住処と幸福を』と」

ますますわからず首をかしげたのがわかったのだろう。智人は淡々と語った。

「家を整え、住まうものに幸福を届ける神魔というのは多くおりますから、『座敷童《わらし》』や『マヨイガ』は言語リとして定義されやすいものです。ですが同じ言語リであろうと、封じられた神魔が違えば個々の性質は違うのです」

「マヨイガっていうのは役職みたいなもので、真宵ちゃんそのものではないってこと？」

朱莉が自分なりに解釈してみれば、智人はこくりと頷いた。

「言神が能力を発揮するには、正しく読み解かれた想いの力が必要です。それを読み解く手掛かりとなるのが言語リなのですが。ここに来た弁士たちは、『マヨイガ』という役割のみで判断して語ったのですよ」

「それ、説明書を読まずに機械を動かそうとするのと一緒じゃないの？」

思わず朱莉は言ってしまってから、神魔を物に例えてしまったことに青ざめたのだが、智人はなぜか嬉しそうに微笑んだ。

「朱莉様は、きちんとわかってくださるのに。あの弁士たちは全く思い至らなかったんですよ。そして彼女が普通のマヨイガよりも力があることがわかると次々と願いました。……ですが、その薄っぺらい語りで命じられることを真宵も拒まなかったのです」

つまり真宵という言神は、不当に扱われていても拒否しなかったということか。朱莉がその言葉をどう受け止めたら良いかわからず立ち尽くしていれば、智人が話柄《わへい》を変えた。

「あの家がいびつだと思いませんでしたか」

「……確かに、無理な増改築をしたみたいだな、とは」

「あれはすべて弁士に命じられて、彼女の力で間取りを作り替えた結果なんです。ですがマヨイガにとって改築というのは権能……使える能力の範囲をいささか超えています。弁士たちも、ただの冗談のつもりだったのでしょう。ですが真宵は弁士たちの願いにその能力の限り応えようとしました。そして味をしめてしまった弁士たちは彼女を正しく読むこともせず、最後には叶えられないと知ると文庫社から離れていったのです」

家を造り替えるという想像の範疇を超えた話に驚きながらも、朱莉は眉をひそめた。

智人の言葉が本当なら、真宵という言神は仕様書を理解されないまま、無理やり稼働させられていたようなものだ。ただの機械ならいいだろう。しかし言神には意思がある。

「そこまでする必要はないでしょう。わかっていて無理難題を押しつけるような奴らとは離れたほうが賢明だわ」

「ですが言神にとっては『読まれない』ということは堪え難いことなんです。少しでも理解してくれるのであれば、すがってしまうほどに。特に真宵はそれが顕著でしたから」

朱莉は否定することはできなかった。それだけ智人の声音が重いような気がしたからだ。

「当時のことが知りたければ、屋敷内に弁士たちが残した日誌がありますし、真宵という言神については言語リを読めばほぼすべてを知ることができます」

「言語リを読め、と？」

それでもつい突っかかってしまった朱莉だったが、智人は全く気にした様子はない。

「はい。朱莉様は少々勘違いしておられるようですが、言語リは物語の形を借りた来歴です。強調されることはあれどそこに書いてあることに偽りはないものです」

「脚色はあっても事実ってこと？」

「はい、他人に書かれた履歴書のようなものですよ。他人が書くからこそ客観的になる、と僕を封じた弁士が言っていました。ただ、物語とは少し違うとはいえ、似たものに映るでしょうから強くは勧めませんが」

そこで口ごもった智人だったが、きれいな瞳で朱莉をまっすぐ見つめた。

「言神にとっては、言語りを人に読まれることも、幸福の一つなんです」

朱莉はなぜか、腰のあたりで揺れる本鞄が震えた気がした。

幸福。幸せ。必要以上にかかわるつもりはなかったのに、ぐらり、と揺れる自分がいる。

あの長い髪に埋もれるような童女の姿を、朱莉は思い返す。

弁士たちは、言語りをまともに読まなかったという。いや、この場合目を通しても理解しなかった、ということか。それでも真宵はつき従ったということだろうか。表面だけでも、理解してくれることにすがるほどのなにかがあるのだろうか。

……そもそも家の守り役として居続けることを、望んでいるのだろうか。

いや、だめだ。と朱莉は思考を断ち切った。これはすべて智人からのまた聞きだ。正確性に欠ける。それは朱莉の嫌う物語から読み取るのと変わらない。

今すぐ結論を出すのはやめようと決めた朱莉は、しかし聞かねばならないことがあると、智人に視線を向けた。

「ところで。話からすると、あなたも彼女が弁士とやりとりしている間一緒に居たのよね」

「ええ、彼女があの屋敷の管理を任されて、一度目の主の時からですから」

「なら弁士がいた間、あなたはどうしていたの」

「なにも。彼女がそうしたいと望みましたし、僕も言神。理解してほしいと願う気持ちはわからなくはありませんから」

「……そう」

綺麗に微笑む智人からは後悔も困惑も読み取れなかったが、朱莉はそれ以上の答えを求めなかった。なんとなく聞いても無駄な予感がしたからだ。

「わかった。まあ、とりあえず後は夕飯を買って帰りましょう」

「かしこまりました。今日の夕食はなににいたしましょう」

「火は使えるんでしょ。そしたら自分で作るわ」

「朱莉様がお作りになられると……!?」

朱莉が唐突に話題を変えたにもかかわらず智人は全く嫌な顔一つせず、ただ愕然とした顔をした。まるで仕事を無理矢理取られてしまったような顔だったが。

「だってあなた火を使う料理は苦手って言ってたでしょ。ご飯と味噌汁も食べたいところだし……って。そうか。米と味噌と醤油も買わなきゃ」

「荷物持ちはお任せください！　ですがせっかくのお世話できる機会を逃すのは」

「いや荷物は置いてからにしましょうよ」

重くなくとも邪魔だろうに。真剣に悩む智人に朱莉は呆れたのだった。

文庫社に戻ってきた朱莉が玄関扉を開けた途端、奥で真宵の黒髪が翻るのが見えた。

「すみません、真宵はこの屋敷そのものでもあるので、この屋敷内では自由に出入りできてしまうのです」

智人の話を片耳で聞きながら、朱莉は夕食を用意することになった。

途中、おそらく真宵の妨害によってガスや水の出が悪いという困難や、朱莉の手順を見つめる智人の熱い視線が気になりはしたが、仕度できた夕食はいつも通りの味だった。

洋風の食事も良いが、やはり白飯が食べられるのは良いものだと思う。

そして身支度を調えた朱莉は、智人と別れまた言語リの書庫に布団を敷きのべていた。

「やっぱりここに戻ってくるのね。まあ今からあの部屋の荷物をどかすのは無理だから、しょうがないんだけど……」

ぶつぶつとはいうものの、朱莉は内風呂を存分に堪能したので上機嫌だった。

はじめは近くの銭湯へ行こうとしたのだが、夜は危ないからと智人に止められた。

急遽風呂場を手入れして沸かしたのだが、この屋敷の風呂釜はなんとガス式だったのだ。おかげでたいした手間もなく入ることができた。

真宵が水風呂にする可能性も考えたが、幸いにも温かい風呂が楽しめたのもある。むしろ背中を流すとにっこり笑ってのたまった、どこぞの言神の方がやっかいだった。

寝間着の浴衣を着込んだ朱莉は、とすりと布団に座るとぼんやりと周囲を見回した。

神聖で静謐な空気の漂う書庫内の片隅には、荷物がこんもりと積み上げられている。

不釣り合いなその荷物は朱莉が買い込んだものだった。彼女が風呂に入っている間も、そこから動かされてはいなかった。

「あの子、私の荷物を外に放り出したりはしなかったのよね」

他にも気づくところは沢山ある。だが真宵という言神について知るにはまだ弱い。

朱莉は悩んだ末に、本鞄から真宵の言語リを取り出した。

墨色の、なめらかな手触りの表紙に手を滑らせる。そくり、と朱莉の心が震える。

智人は言語リとは、物語調の履歴のようなものだと言っていた。

朱莉が苦手な物語とは違うもの、とも。

「正直、自分でも物語が嫌いな理由はよくわかっていないのよね」

智人には「嫌い」とは言ったが、朱莉が物語を前にして感じるのは、忌避と不安だ。

嫌悪とは微妙に違う感情。

おぼろげながら両親が亡くなる前は童話やおとぎ話、今は大嫌いな昔話だって普通に楽しんでいたような気がする。だがひとりぼっちになり親戚の間を転々としているうちに、気がついたら物語を嫌がるようになっていた。空想の世界を避けるようになっていた。

そして朱莉は初めて気がついたが、言語リを前にすると普通の小説よりも落ち着かない心地になる。けれど朱莉は真宵に興味を持ってしまっていた。

「判断するにも、情報が、必要だから」

呟いた言葉は、明らかに自分に言い聞かせるためのものだ。

智人に乗せられてしまっている気はする。だが、それでも真宵という言神について知りたいと願っていた。

言語リの安置された棚とは別に、壁には無造作に積み上げられたノートがある。あれがおそらくこの屋敷に赴任してきた弁士たちの日誌だろう。ご丁寧に閲覧用の机と椅子が用意されており、その上には電灯が下げられていた。

これからの生活を円滑に進めるためというのが、妥協点ではないだろうか。

だが、ふと思いだす。

「読ませてくれるかしら」

智人が自身の言語リを読ませぬように拒絶していた。眉を寄せた朱莉だが、読まれたくなかったら拒絶ができるのだと思いなおし、墨色の表紙を撫でた。

「あなたのことを、教えて頂戴」

朱莉は閲覧用の椅子に腰をかけると、机の書見台に置いた言語リに指をかける。

電灯に照らされる中、かさり、と紙のすれる音が響いた。

＊

翌朝、朱莉はあくびをかみ殺しながら、智人の用意してくれた和食を食べた。

ご飯は昨日まとめて炊いておいた冷や飯だったが、味噌汁と小松菜のおひたしが用意されて十分すぎるくらいだった。

「朱莉様、夜更かしされていたのでしょう。もう一眠りされますか」

「ううん、やるべきことは沢山あるもの」

智人に気遣われた朱莉は、眼の下のくまを気にしつつ立ち上がった。

「ねえ智人、お願いがあるのだけど」

「お願いですかっ」

智人の表情がぱあっと輝くのに、反射的に引いてしまうのはしょうがないだろう。

「そんな喰い気味にされても……まあ簡単よ。真宵と話がしたいの」

一晩かけて真宵の言語リと日誌を読み通した朱莉は、少しだけ状況を把握していた。

真宵の言語リに描かれていたのは、寂しい妖《あやかし》だった。

さる豪族の家に生じた妖で、彼らが栄えていた頃は福神として幸運を授けていたという。

だが豪族は家を移り、美しい屋敷に一人残された彼女は今度は時折迷い込む人間の面倒を見るようになった。何十年に一度来るか来ないかの人間を。ずっと。一人で。

そしてある日弁士に見いだされ、言神「真宵」として家の管理をするようになったのだ。

真宵という言神は、おそらく人がとても好きだ。好きにもかかわらず、一人きりでいた時間が長すぎたために、自分を使ってくれた弁士に盲目的に従ってしまうほど。

　朱莉の荷物を移動させず、朱莉たちが帰宅した時も妨害らしい妨害をしなかったのも、朱莉を追い出したいとは思っていないからだろう。知られるのが嫌であれば、智人のように読まれることを拒絶できたのにそれもしなかった。

　それは、たぶん朱莉をどう受けいれていいかわからなかったからだ。今まで受けていた仕打ちと、それでも人と関わるのをあきらめきれない思いで揺れ動いている。それが嫌がらせという行動に出ていたのだろう。見捨てないでほしいと、主張するように。

　だが朱莉の想像に過ぎない。だから朱莉は話をしたいと思ったのだ、できれば顔を見て。けれど、今までの弁士と同じように言語リを盾に呼び出しても意味がない気がしていた。

「だからこれから真宵ちゃんを見つけ出そうと思うの。協力して……」

「お任せください」

　くれないかしら、と朱莉が続けようとした瞬間、恭しく頭を下げた智人が消えた。

　あれと思っているうちに、通路の向こうでどすんばたんと派手な物音と共に悲鳴が響く。

「ぴいっ」

「朱莉様が対話を望んでいます。来なさい」

　そしてじたばたと暴れる真宵を小脇に抱えた智人が、たいそう得意げな顔で歩いてきた。

「朱莉様っ！　真宵を連れて参りました！」

「あなた女の子になにやってんのばか！　早く下ろしなさい！」

朱莉が全力で命じれば、智人はきょとんとしながらも真宵を下ろす。

「いえ、真宵はこのような姿をしていますが朱莉様よりも何十年も年上ですよ」

「それは言語り読んでわかっているわ！　穏便に話し合いたかったのにこれじゃ意味ないでしょうが！　これからはお願いの理由を聞いてから動きなさい！」

「は、はい！」

朱莉が本気で怒っているのはわかったのだろう、智人は何度も頷いた。

息をついた朱莉は廊下にへたり込む真宵をうかがった。

よほど恐ろしい目にあったのか、床に下ろされた真宵は長い髪を惜しげもなく広げてぐったりとしていた。音からして乱暴にされたように思えたが、外傷はないようである。

あったらさらに怒っていたと思いつつ、朱莉は真宵の前に座り込んだ。

手入れが行き届いてないような長い黒髪の間から、黒目がちの瞳がこちらを見たのがなんとなくわかる。

「あなたの言語りを読んだわ。それから弁士たちがあなたになにを要求したかも。人間たちにそこまでされても、私を追い出そうとしなかったのはなぜ」

弁士たちの記録は程度の差はあれ、この屋敷の主に選ばれた喜びと、珍しい言語りを試す喜びが綴られていた。

どうやらこの屋敷は、自分が思っているよりも特別な文庫社だったらしい。

文面から伝わってくる彼らは、まるで新しく手に入れたおもちゃに喜ぶ子供のようだった。そして朱莉は彼らが言うことを聞かない言神にいらだっていくさまにあきれ果てた。

弁士というのは、自己中心的なものなのだろうか。

だがともかく、真宵はそんな弁士たちが自分から出て行くまで、彼らの望みを叶え続けていたのだ。整えるべき家をいびつにされても。だが、疲れ果てているのは確かなはずだ。

そんな中で勝手に人間がやってきたなら、叩き出したくなりもすると思う。朱莉だったら絶対する。にもかかわらず、朱莉を全力で拒絶しなかった理由が知りたかった。

朱莉が辛抱強く待っていれば、不安に瞳を揺らがせた真宵は小さな声で言った。

「家には人が必要なの。真宵だけではだめなの」

朱莉は真宵の言語リに書かれていた一節を思い出していた。

〝その神魔、さる豪族の屋敷にて赤子の童《わらべ》が生まれしとき、世話をするため現れり
――よき人が住まいしとき、温かきところとするために、妖は心を砕きて整えり〟

家の管理を任されているからこそ、それに住まう人間が居なければならない。家を整える神魔であった彼女の存在意義なのだろう。本当に言語リに書いてあった通りだった。

「でも、今までの主さまに気に入って貰えるように沢山沢山お家を変えたけど、気に入ってくれなくてみんな出て行っちゃった。もう、疲れてしまったの。あなたも、また真宵をいらないいって言うかもしれないって思ったら怖かった」

朱莉が初めてまともに聞く真宵の声は、あどけなく悲痛だった。

髪の内側から覗くように朱莉を見る。

「また、おうちをつくりかえたいの」

それなら従う、と言わんばかりの彼女に、朱莉は首を横に振った。

「いいえ、いらないわ。私はあなたの主じゃないもの」

「……弁士さんじゃないの」

はたり、と眼を瞬かせる真宵に、ようやく本題に入れるとほっとしつつ朱莉は続けた。

「そうよ。私はこの家の管理を期間限定で任されただけ。あなたを使おうと思わないし、ただ住まわせてもらえればいいの」

「でも、智人が僕の主さまって言ってる」

「あはは、あれはねーどうしようかな、って思ってるんだけど」

「朱莉様は僕のご主人様ですよ！」

「あなたは黙ってて。……でもまあそうね」

智人の主張をばっさり切った朱莉は、真宵に向き直った。

「こいつは私のことを好きでご主人様、って呼ぶけど、真宵ちゃんは真宵ちゃんでしょ？　私をそう呼びたければ呼べば良いし、呼びたくなければ呼ばなくて良い。だって私に嫌がらせしたくらいには自分の意思があるんでしょう」

息を呑んで後ろめたそうにする真宵に、朱莉は茶目っ気たっぷりに言う。

「そうね、だから私が頼まなければならないのよ。この家に住まわせてもらえないかしら」

「どんな、おうちがいい？」

かすかな声音に朱莉は驚いたが、返事は決まっていた。

「できるなら、あなたの言語りに綴られていたような。優しくて温かい家がいいわ」

思わぬことを言われたとばかりに真宵が目を瞬くのに、朱莉は弁士の日誌を読んでから考えていたことを口にした。

「だって真宵ちゃんのほうが家の管理には精通してるでしょ。それなら素人の私が口を出すのすらおこがましいと思うのよ。この家、無理矢理和風を取り入れてるけど、元は洋式だったみたいじゃない。もとに戻すのもいいわ。……あなた洋風が好き、なんでしょう」

真宵の着ている着物は振袖だが、袖や襟元にさりげなくレースがあしらわれている。

そのなじませ方は、自分で研究して試行錯誤しなければちぐはぐになってしまうことだろう。だが真宵の衣装はしっくりとなじんでいた。

朱莉は明確に言葉にはしなかったが、視線で気づいたらしい。真宵の頬が上気した。

「いいの。ほんとうに」

「……あ、ただ家としての機能だけはあると良いわ」

言語リに書いてあったマヨイガの性質上、住まいの域から出ないだろうが朱莉が少し心配になって付け足せば、真宵はすうと立ち上がった。

「真宵の言語リは？」

真宵の纏っている墨色の衣が、不思議と鮮やかに見えた。

「ここにあるけど」

「開いてて」

つられて立ち上がった朱莉が本鞄から取り出して開いて見せれば、真宵はくるりとその場で身を翻す。

「かたりの、ことのは。たくさんもらった」

ゆるりとなびいた髪の間で、あどけない顔がほころんでいた。

「朱莉様、しばらく動かないように」

「え？」

智人の忠告に朱莉が首をかしげた時、ぱん、と真宵が柏手を打った。

「意に応えよ。我が分身」

真宵の声が響いた途端、空間がぐんにゃりとゆがんだ。

まるで走る汽車からみた風景のように、ぐるぐると変わっていくそれに朱莉は酔いかけて、智人に支えられる。ただ、言語りだけはきちんと開いたままにしていた。

荒れ果てていた壁が綺麗になり、いびつに入り組んでいた廊下が綺麗にならされ、ところどころ装飾が施されていく。廊下に転がっていた荷物がぴゅんっとどこかへ飛んで行くのに、朱莉は真宵がどうやって嫌がらせをしていたのかおぼろげに理解した。

嵐のようなめまぐるしい改築は唐突に終わる。

そこは別世界だった。無意味にあった窓や扉が一切なくなった。暗色の木に、柔らかな生成りの壁が落ち着いた印象の廊下となり、天井の瀟洒な照明も綺麗に磨かれている。おそらく他の部屋も同じような調子で一新されているのだろう。

伝統的な和の雰囲気と見事に調和している空間に朱莉が呆然としていれば、真宵の弾んだ声が響いた。

「写真でみたいちばんかっこいいのにした」

「ま、真宵ちゃん？」

むふうと、自慢げに頬を紅潮させている真宵もまた姿を変えていた。

朱莉が試しに問いかけてしまうくらいには。

彼女の黒い振袖はそのままだったが、その袖と衿もとはレースで装飾されている上、裾がふんわりとスカートのように広がっている。小さな足は白い靴下に包まれ、かわいらしいエナメルの洋靴を履いていた。なにより、あれほど長かった髪がモダンガールのように耳が隠れるくらいの長さに切られている。

長かった髪の代わりのように西洋の布飾りを付けている真宵は、どこか誇らしげだ。

「お風呂もお部屋も綺麗にして。倉にものをおきました。……どう。真宵の好きなもの結めこんでしまいました。居心地、良さそうにみえますか」

そうやって訊ねる真宵が不安げな顔になるのに、朱莉は柔らかく微笑んで見せる。

あまりの変わりように驚いたが、この空間のほうが彼女の姿にしっくりときていた。

「うん、あなたの言語りに書いてあった通り、温かくて優しい家に見えるわ」

花のような笑みを浮かべる真宵の愛らしさに、朱莉は顔を朱《しゅ》に染めたがはっと気づく。

「ここ洋館よね。じゃあ靴を履かなきゃ」

朱莉が玄関へとって返そうとすれば、ぴたと真宵がよりそってきた。

「主さん、ここお靴脱いでいい床だから大丈夫。脱いでたほうが好きだよね？」

「もしかして私のためにそうしてくれたの？」

真宵はこっくりと頷いた。

確かに靴を履きっぱなしというのはしんどくて、床を綺麗にして初めて脱げた時は嬉しかったものだ。まさか真宵が気づいていて配慮してくれるとは思わなかった。

真宵の言葉に胸の奥が甘く疼くのを感じた朱莉は、思わず彼女の頭に手を伸ばす。

「ありがとう、真宵ちゃん」

優しく撫でれば、にこりと微笑む真宵に朱莉が形容しがたい胸の高鳴りを覚えた。しかし混乱しているうちに、智人が真宵の肩を掴んで引っぺがそうとする。

「真宵！　朱莉様にひっつきすぎですよ！」

「やー。真宵の主さんでもあるもの」

離されまいと朱莉の着物をにぎる真宵の言葉に、朱莉は慌てた。

「え、真宵ちゃん、私はただの管理人で」

「だめ？」

寂しそうにきゅ、と着物に縋り付いてくる童女に否と言えるだろうか。いや無理だ。

「たくさんたくさん居心地よくするから、真宵に住んでね」

「と、とりあえずこれからもよろしく」

「朱莉様っ！」

智人が愕然としていたが、朱莉はにっこりとする真宵に手を引かれて屋敷内を見て回ることになったのだった。

屋敷は全体的に洋館の造りになっていたが、生活に必要な区画がコンパクトにまとめられ、一階部分の一部と二階部分に多くの客室が作られていた。

「いつか、なかまが増えた時お部屋が必要だから」

という真宵の言葉の意味はよくわからなかったが、朱莉は書庫から脱出し二階の主寝室をもらうことになった。

ようやく荷物の仕分けを終えた朱莉はふう、と息をつく。

真宵に荷物を運び込んでもらったとはいえ、使いやすい場所に移すのは自分でやらねばならない。

広々とした部屋は少々落ち着かない。しかし真宵の趣味の良さはここでも発揮されており、百貨店の外観のようなモダンな意匠には、どこか温かみがありなじめそうだった。

屋敷内は一新されたが、庭の手入れや周辺の地域の把握などすべきことは山積みだ。

ちょっと休憩したらまた動きだそうとすれば、こんこんと戸が叩かれた。

朱莉が扉を開ければ、そこには三つ揃えを少々よれさせた智人が立っていた。

「朱莉様、ひとまず下の片付けは終わりました」

「お疲れ様、だけど片付けだけにしてはなんかよれてない」

「少々家事の分担について真宵と話し合いまして、悔しいですが食事の仕度は折半することになりました」

話し合いでなぜそこまでよれるのかはわからなかったが、恐ろしく口惜しそうにする智人にそれを聞けば面倒くさいことになりそうな予感がした。

智人も詳しく話すつもりはないらしい。

「本日の昼食は真宵が用意しております。下におりてきていただけますか」

「そうね。その前に、智人」

真宵が作る昼食とは、と朱莉は気になったが、折り目正しい智人に朱莉は言った。

「真宵ちゃんのために弁士を追い出してたでしょ」

はたり、と彼の少し色の薄い瞳が瞬く。こうして見るとやっぱり顔が整っているなと思いつつ、朱莉は言葉を続けた。

「日誌の中に、弁士が苛立ってるような記述があったのよね。ずいぶん妨害されたとか」

「……この文庫社に収蔵されている言語リはそれなりに癖のある者たちですので」

「『あの言神は、なぜ自分の言うことを聞かない』『なぜ自分が呼び戻される。報告していなかったのに』。特定の言神を指している記述が沢山あったわ。次々と人が代わっていたのも、不適格な弁士の情報をあなたが宗形様に流してたからじゃないの」

朱莉が日誌の一文をそらんじれば、智人はかすかに眼を見張る。智人と宗形がそれなりの付き合いらしいのは会話で察していた。それほど遠い推察ではないと思うのだが。

「日誌の内容を覚えておられるのですか」

「特に多かった記述だけよ。ここが訳ありの文庫社だってこともちょっとはわかったわ」

「話さなかったことが多いのは事実です。ですが朱莉様は僕が真宵を放置した、とは思わなかったのですか」

「あの子、自分がかわいいのを知ってるくらいには賢い子よ。その真宵が裏切られたと思ってあなたに拗ねたことからして、親しみを持っていたのは明白だわ」

「なる、ほど、でしたらなにが悪かったのでしょうか。朱莉様の気にさわることをしてしまったようですが、僕にはなにかわかりません」

そっと目を伏せて悄然とする智人に、朱莉は面食らった。智人はまるで咎められているように、しょんぼりとしている。今までの謎めいた空気がすっかり崩れ去っていた。

「いや悪かったというより、わざわざ自分の立場を悪くするような言い方しなくていいじゃないって言いたかっただけなのよ」

「そんなつもりはなかったのですが」

困惑の表情を浮かべる智人は自覚がないらしい。

そう、彼の言葉に嘘はないのだが、わざと事実を誤認するように話していたように思えた。朱莉を慕うそぶりを見せながら妙に距離を置こうとする。そんな印象だ。

だから朱莉も今一つ距離をどう取ったらいいか測りかねていた。

「じゃあ、私に真宵ちゃんを勧めたのも彼女のためじゃなかったの？」

「いえ純粋に朱莉様のお役に立つからですが」

あれだけ思い結めていた真宵だ、彼女の寂しさを埋めるために朱莉を利用したのでは、と勘繰りもしていたのだが、智人のあっさりした反応に肩透かしを食らわされる。

だが智人は、ふとどこか遠くを見るようなまなざしをした。

「ただ真宵にも正しく読み通される喜びを、知ってほしかったのかもしれません。正しく認められることは幸せですから」

「あなたを読んだ人はどうだったの」

「唯一無二のこれ以上ないほど素晴らしい言《こと》の葉《は》をいただきました」

ふわり、と表情を緩ませる智人は嬉しそうだったが、朱莉にはどこか痛みをこらえているかのように思えた。

裏を考えるのはやめておいたほうがいいかもしれないと、朱莉は息をつく。

これ以上探ろうとしても疲れるだけだし、智人はどう考えても朱莉を支えようとしているだけにしか思えなかった。

だからあともう一つ、智人がなんの言語りか聞かされていないことは胸にしまっておくことにした。智人と真宵の表紙の書き方が違うが、所有する気は毛頭ないのだ。困っていないし聞いても聞かなくても同じだろう。

だから朱莉はこれ以上追及しないことにして、すれ違いざま智人の肩に手を置いた。

「ともかく弁士たちに関してはよくやったわね。ちょっとだけ、かっこいいと思ったわ」

「っ」

文面からすら矜持の高さが鼻につくような奴らばかりだった、その中から真宵を守ろうとしたことは花丸をあげたい気分だ。

目を見開く智人を背に廊下へ出た朱莉は、のびをしながら歩いて行く。

「さあ、部屋の片付けも終わったし、ご飯を食べたらまた街に出るから付いてきてね」

「……かしこまりました、朱莉様」

朱莉は真宵はなにを作ったのだろうと期待と不安を覚えながら、階下へと降りて行った。故に。

「忘れているはずなのに、あなたは変わらないんですね」

智人の密やかな呟きと、喜びと痛みにゆがんだ表情には気づかなかったのだった。

ちなみに真宵の作った洋食は、朱莉が作るよりもおいしくてひれ伏した。

＊

夜の帳に包まれる屋敷の中を、真宵はくるり、くるりと回りながら歩いていた。

真宵が動くたびに、墨色の振袖とスカートがふんわりと広がりレースが翻る。それが嬉しくて仕方がなくて、真宵は小さく笑った。

自分になじむ服装をしているからだけではない。受け入れて貰えたことが嬉しかった。

今回、屋敷にやってきたのは弁士ではなく、ただの管理人だと名乗る娘だった。

もう、人と関わることに疲れ切っていた真宵は愕然とした。

同居人というべき智人は真宵が家を放置しても、掃除をしなくても放っておいてくれた。それに慣れきっていたから、青天の霹靂だったのだ。

弁士に全く興味を示さず、人間と深くかかわろうとしなかった智人が連れてきたことが衝撃で。真宵と同じだと無意識に思っていた気持ちが裏切られたような気がして。

ブーツでこつこつ床を鳴らしながら歩く彼女の姿はちょっとかっこいいなと思ったけれど、真宵は悔しくて、つらく当たってしまった。それはちょっぴりだけ後悔している。

けれど、彼女は真宵を見捨てたりしなかった。

『あなたのことを、教えて頂戴』

教えて欲しいと、願ってくれたその言葉がどれだけ嬉しかったか。そしてその言葉にどれだけ飢えていたかを知った。

マヨイガとして定義されてから、真宵はずっと命じられるまま家を整え続けてきた。それが存在を確立するために果たすべき役割になっていたし、言神として奉られる前と変わらないと思っていたのだ。

けれど違うのだ。言語りになっても中に描かれているのは真宵の物語だ。

気づいてほしかった。「真宵」という存在を知って欲しかった。それを朱莉という娘はなんのてらいもなく酌み取ってくれたのだ。

真宵は「マヨイガ」ではあるが、「マヨイガ」は真宵そのものではない。

マヨイガとして定義された真宵は思い知った。人は当たり前を振り返らぬ生き物だと。

けれど真宵は覚えている。人の手のあたたかさを。成したことに対する感謝の言葉を。

己の言葉を聞き、答えを返され、笑顔を向けて貰えることがどんなに嬉しくて尊いことか思い出したのだ。

だから彼女の、朱莉という娘の言葉を信じてみたくなった。

彼女はなにを喜んでくれるだろうか。真宵の好きにしていいと言ってくれたが、せっかくだから彼女の好きなものも取り入れたい。なにせ真宵は家に住まい、にぎやかにしてくれる人に喜んでもらうことが大好きなのだから。

洋食は好評だった。ならば次は別の国の料理を作ってみようか。たくさんたくさん試してみたいことがある。そして彼女はきっと許してくれるだろう。そんな気がした。

真宵がふんわりと振袖を広げながら歩いていれば、突き当たりの窓辺にぼんやりと立ち尽くす言神、夜行智人がいた。

月明かりに照らされる智人の顔に日中の表情の豊かさはなくとも、大して感慨はわかなかった。この十年、無表情のほうがなじみ深い。

真宵はこの文庫社の守護者で、智人は文庫社に迎え入れられた言神。真宵にとってはそれ以上の情報は必要なかった。

この智人がどのような存在で、どんな事情を抱えていようと関係ない。

ただ主と仰ぎたい存在に出会えた今は少し違う。

「智人」

こちらから声をかけてくることに驚いたのだろう。真宵を向いた智人が意外そうに眼を見張る。そしてちょっと悔しそうに顔をゆがめた。

日中に家事を真宵に奪われたことが効いているのだろう。当然だ。なにせ真宵は年季が違う。知識だけを蓄えてきたにわかに負けるわけがない。

ただそうして豊かに感情をあらわす姿は、今まで真宵がなじんできた智人とは重ならなかった。真宵は智人の変化には全く興味はなかったが、これだけは確認しておきたかった。

「智人はいつまで主さんを主さんにする？」

智人は面食らったように瞬きをしたが、あっさりと言った。

「おっしゃっていたでしょう。あの方が安らかに過ごせる住処を整えるまで。ですよ」

真宵が聞きたいのはそういうことではなかったが、ひとまずの言質は取れたので満足だ。

「じゃあ、主さんにここにいてもらいたいって言って貰えるように、真宵が頑張ってもいいよね」

彼女は期間限定の管理人だと宣言していたけれど、己の家にいたいと思わせればその心を覆せるかもしれない。なにせ朱莉は、好きにしていいと言ってくれたのだ。彼女を連れてきた智人も不干渉であれば、真宵の好きにするだけだ。

「あなたのそういう根性のあるところ、好ましいと思いますよ」

真宵はそんなつもりではなかったと智人が慌てるかと思っていたのだが、彼は頷くだけだった。まるでそうして欲しいとでもいうような態度だ。もとより好きにするつもりだったとはいえ、なんだかつまらないと、真宵はぷうと頬を膨らませる。

「僕はこの体のある限り、朱莉様に仕えられれば満足ですから」

「……でも、主さんにちょっとうざがられてる」

真宵が指摘すれば、澄ましていた智人の顔がぐ、とゆがんだ。朱莉は真宵を幼子とは思っていないものの、外見相応の態度を取りがちだ。成人男性の姿をしている智人より、ずっと親しみやすく思っているのはすぐに知れた。なにせ真宵は家の言神。そのあたりの機微を悟るのは得意だ。これから距離を縮めるために利用しない手はない。

真宵は真宵だが、今は言神だ。読み手に興味を持ってもらいたいと思うのだ。

「智人に、ひとりじめさせないから」

智人がようやく焦り始めるのに満足して、真宵は明日の献立を考えるために台所へ向かったのだった。

巻ノ三　誤解が必要な時もある

朱莉が文庫社の管理業を引き受けて数日はあっという間に過ぎ、朱莉の出勤日となった。

新たに調達した薄紅や紅色の牡丹が花咲く着物に、えんじ色の帯を締めている。

どうせ会社では華美な着物を隠すという方針で割烹着に似た事務服を身に着けるのだ、好きなものを着るというのが朱莉の持論だった。

出勤用の斜めがけ鞄を持った朱莉が玄関でブーツのひもを結び直していれば、あきらめきれない様子の智人がこちらをうかがっていた。

「本当に、言語リを持って行ってはくださいませんか」

「昨日も言ったでしょ。会社には余分なものを持ち込めないの。没収されたら戻ってこられなくなるし、処分されるのも嫌でしょ」

「うう……」

すごすごと引き下がる智人と入れ違うように、真宵がやってきた。

豪奢な振袖にたすき掛けをし、フリルの付いたエプロンを身に着けている彼女は小風呂敷の包みを差し出してくれる。

「主さん、おべんと作った。持ってって」

「真宵ちゃんなんて良い子！　素敵っありがとう！」

昼食の調達をどうしようかと考えていた朱莉が声を弾ませて受け取れば、真宵は嬉しそうにはにかむ。が、所在なさげに手をさ迷わせるのに気づいた朱莉は両手を広げて見せた。

「くる？」

「っ！」

やはり正解だったらしい。ぱっと表情を輝かせた真宵が飛び込んできた。

墨色の振袖ごと包んでやれば、真宵は嬉しそうにすり寄ってくる。

一日でずいぶん懐いてくれたものだと思うが、今までずっと意に沿わぬ要求ばかりを消化してきた中で、自分の欲求の伝え方がわからなくなっているのだろう。朱莉が気づけた時には、酌み取ってやれたら良いと思う。

そのように朱莉が考えていれば思う存分すり寄った真宵は、得意げな顔をして見せた。

智人に。

しかも智人は歯ぎしりせんばかりに悔しがっていた。

「ぐぬぬ……僕だってやり方さえ学べば朱莉様のお弁当をご用意できますし」

「その前に真宵が主さんの好みを覚えるもの」

朱莉は十年一緒に居たのであれば仲が良いと思っていたのだが、少々考えを改めなければならないのかもしれない、と遠い目になった。

とはいえ丸一日この張り合いに付き合わされれば、受け流すことも覚えるというものだ。

そのため真宵から手を離すと、朱莉は睨み合う二人の言神を置いて立ち上がる。

「じゃあ、おとなしくしててね」

「ではお見送りいたしますね！」

「会社までついてきたらこれから真宵ちゃんにだけ世話を頼むわ」

ぴし、と固まる智人がすごすごと靴を脱ぐのに、朱莉はやっぱりかと息をついた。

読み取れるようになってしまったのが恨めしい。

「し、心配ですが。どうぞ行ってらっしゃいませ」

「いってらっしゃい」

思わず振り返れば、若干肩を落とす智人と楽しげな真宵に手を振られていた。

朱莉が扉に手をかけたまま硬直していると、智人がいぶかしむ。

「どうかなさいましたか」

「なんでもない。行ってきます」

誰かに見送られるのが久しぶりで戸惑った朱莉だったが、少しくすぐったい気分で彼らに手を振り返したのだった。

春の気配が感じられても、朝は未だに肌寒い。

肩掛けを胸の前でかき合わせながら、朱莉は足早に路面電車の駅へ向かう。親宿から勤め先のある丸之内《まるのうち》までは電車が通っていたため、少し早く家を出るだけで良くて助かった。

昨日あらかじめ買ってあった定期券で駅を通り、朱莉はスーツを着た勤め人に交じって電車に乗り込む。これで職場近くまで心配せずに向かうことができるとほっとする。

路面電車の窓の景色は木造とビルディングが交ざった猥雑な街並みが、徐々に洗練されたものに変わっていく。併走するのも人力車から自動車が増えていった。

最寄り駅に降り立てば、そこは朱莉のなじみ深い街、丸之内だ。この大倭帝国の経済発展の中心地なため多くの人間が行き交い、様々な企業の本社が集まっている。

朱莉が入社した隅又商事もその中の一つだ。灰色や鈍色《にび》の無機質なビルディングが立ち並ぶが、開発が進む中でも森林の残る公園が広がり憩いの場となっていた。

「まあ、前は陸軍の練兵場だったらしいけど」

会社にはこの氷比谷《ひびや》公園内を突っ切った方が早いため、朱莉が緑が目に優しい公園広場を通り過ぎようとすれば、拡声器によって増幅された声が響いた。

『……であるからして、すでに文明開化も久しい今、神魔魍魎などという存在は過去のものとなった！　にもかかわらず政府は弁士などといううさんくさい輩を重用し、言神などという危険な存在を野放しにするのを今すぐやめさせるべきだ！』

そうだそうだと声を上げる男たちが掲げる看板や段幕には「弁士廃絶、言語リは燃やせ！」などという過激な言葉が並んでいた。

これがあるから連れてきたくなかったのだと、朱莉はため息をつく。

最近、この氷比谷公園は言神を毛嫌いする焚書派と称される大衆運動家たちが集まる場となっていた。焚書派は弁士たちが扱う言神たちを危険視しており、過激派はすべての言語リを燃やすように要求しているのだ。

朱莉は物語は嫌いだが、かかわらなければいいだけで排除しようとは思わない。だから少々眉をひそめたくなるし、道をゆく会社員も良い顔をしていなかった。

氷比谷公園には、「動物霊に注意」「出会った際は焦らず弁士協会へ通報」と書かれた真新しい立て看板が見られる。このような神魔騒ぎを収めてくれるのはすべて弁士たちなのだが、焚書派は弁士と言神を排除したとして解決してくれるのだろうか。

ただ絡まれるのも嫌なので口をつぐんだ朱莉は、氷比谷公園を突っ切ったのだった。

朱莉が勤める隅又商事は西洋式時計の輸入や、蓄音機の製造販売を行う総合商社だ。その中で朱莉の業務は、主に男性社員の補佐である。

お茶くみや書類の整理、簡単な計算処理など名もない雑事が山と積まれ、女子社員は自分の仕事の傍ら次々に頼まれる雑務をこなしていくのが通例だ。

今日があの寮に住んでいた社員たちの出勤日だったらしく、社内は火事と雷獣の話題でもちきりだった。

昼休み、自社の人気商品である時間が来るごとにレコードが鳴る音楽時計から、名前も知らない西洋の音楽が流れる中、自分に与えられた机で朱莉は深く息を吐いた。

「ひさしぶりだとちょっとこたえるわね……」

少々仕事の勘を取り戻すのに手間取った。大きなミスはしていないが、しばらくは少し気を付けたほうがいいだろう。

「朱莉さん」

「あ、充子《みつこ》さん。どうかした？」

澄んだ声に呼ばれ振り返る。そこにいたのは同時期入社の丸山《まるやま》充子だった。

朱莉と同じ年で、落ち着いた小紋柄の着物を着て髪をシニョンにまとめた姿は、見るからに女学校出とわかる楚々とした雰囲気を醸し出している。少し気弱なところがあり、朱莉が声をかけない限りあまり話すことはなかったから、彼女から声をかけてくるのは珍しい。ささやくように話す声はいつも小さいが、心地よく響くなと朱莉は密かに思っていた。

充子は少々ためらいがちながらも答えた。

「その、寮が燃えちゃったって聞いたから。大丈夫だった、かなって」

「あんまり大丈夫とは言えないわね。家財道具一式燃えちゃったし。ああ、そうだせっかくだから、お昼食べながらでも私がいない間なにがあったか教えてくれないかしら」

「う、うん。いいよ」

ちょうどいいと弁当を取り出しながら朱莉が願えば、充子はほっとしたように表情を輝かせた。話がまとまるが早いか充子と連れだって屋上へと移動する。室内は男性社員が吸うたばこの煙で居心地が悪いのだ。

「そういえば、新しい仕事を任されたって言っていたよね。調子はどう?」

「うん。大変なこともあるけどうまくやってると思う。私でも役に立てるみたいだから」

充子は小さく微笑みながらそう答えた。あまり主張することがなく、内面がのぞき込みづらい彼女がかすかに見せる自信に朱莉は少し感心する。

朱莉は雑用を軽んじるつもりはないが、雑用ばかり割り振られる女子社員の中で製品にかかわる仕事を任された充子には驚いたものだ。

「今は女子社員の中で充子さんが出世頭だものね。私も頑張らないとって思うわ」

まあ、あくまでお給料分だが、と思いつつ朱莉が言えば、充子は控えめながらはにかんだ。

しかし屋上へ行く道すがら、社員たちの被さるように野太い男の声が響いた。

「雷獣なんてのが、かみなり様なんて呼ばれるがね、うちの寮を狙わなくても良いじゃないか。おかげで余計な出費が出たし業務が滞るじゃないかね」

「こういう時のために弁士たちが居るのだろうに。言神なんて化け物を飼って居るのだから、血税の分働いてもらわねば割に合わん」

廊下を通り過ぎてゆくのは四十代五十代がらみの男たちだった。上等そうな身なりからして幹部たちだろう。隅又商事は百貨店に商品を卸すなど事業規模も大きく、朱莉のような下っ端だと幹部の顔を知らないこともままあった。

彼らの姿が見えなくなり、屋上で誰もいないことを確認した充子は眉尻を下げた。

「雷獣が出てから、あんな感じで弁士様や言神の悪口を言う人が沢山出てきてるの」

「いつにも増してひどいわね」

朱莉は顔をしかめた。そもそも丸之内に本社を構えられるのは一流企業の証なのだが、その割には少々とがった物言いをする人間が多いように思えた。

いや、大手だからこその強気もあるのかもしれないと朱莉は思いつつ、自分が言神が納められた文庫社に住んでいるとは知られないようにしようと改めて決意する。

お給料分の仕事をして、お金がもらえれば良いのだ。それ以上は望まない。

「あと五坂《ごさか》課長が、朱莉さんが休んだのをよく思ってなかったから気をつけてね」

「ふうん。書類が遅いのを催促しに行ったのが響いてるのかしら、いやそれとも私が書類の間違い指摘したのまだ根に持ってるのか。そういえば訳文間違ってるのも言ったわね」

「た、多分ぜんぶだと思うの。朱莉さんの方が頼りにされているって評判だから」

まぶしいものでも見るように充子が眼を細めるのに、朱莉は少しこそばゆい気分と苦い思いを同時に味わった。

五坂はよく女性社員を呼びつけて雑事をやらせる男性社員筆頭であり、女性社員から倦《けん》厭《えん》されていた。頻繁に仕事で細かい間違いをするのだが、けして認めようとせず補佐した女性社員に責任転嫁するのも有名だ。

別の部署に移る前の充子が餌食になっているのを、朱莉がよく助け船を出していたものだ。とはいうものの、朱莉はまっとうに仕事をしているだけなのだが。

朱莉は五坂のことを心にとめておきつつ、ベンチに座って弁当の小風呂敷を開いていく。

「あれ朱莉さん、そのお弁当、いつもとちがうね？」

「実は、今の同居人が作ってくれたのよ」

確かに、朱莉が持ってくるのは行李《こうり》に入れたおにぎりばかりで、木を曲げて作られた輪っぱの弁当箱など持ってきたことはなかった。

不思議そうにする充子の前で蓋を開けば、つやつやとした餡が絡んだ酢豚をはじめとした春巻、青菜の炒め物などのおかずがぎゅっと詰め込まれていた。弁当箱の半分を仕切って詰められているご飯は黄色みがかっていることから卵炒飯だろう。

真宵は洋食だけでなく中華料理まで作れるらしい。なんて素敵な神様だろうか。

朱莉は早速箸を取り出しておかずをつまんだ。酢豚に絡んだ甘酸っぱい餡が大変美味である上、炒飯がほろほろとしていて白飯とはまた違うおいしさがある。

春巻などまだ表面の皮がぱりぱりとしていた。食感まで味の一つというのがよくわかる出来栄えだ。

「朱莉さん、今どこに住んでいるの」

無心に味わう手を止めて朱莉が傍らを向けば、充子は自分の弁当に手を付けもせず、困惑の表情をしていた。当然の疑問にどう答えたものかと朱莉は頬を掻いた。まさか文庫社の管理人を引き受けたとも言えない。

「家の手伝いをしてくれれば住まわせてくれるって言ってくれた人がいてね。そこで書生みたいな扱いで居候させてもらうことになったのよ。そこの人がいろんな国の料理を作るのが好きみたいで、ご相伴にあずかってるってわけ」

「そう、だったんだ」

「そういえば、充子さんまたなにか仕事を押し付けられたりとかしていない？　大丈夫？」

なんとなく悄然としている充子に、少し心配になってきた朱莉が問いかける。すると彼女は軽く息を詰めたが、すぐに大丈夫だと首を横に振った。

「でも良かったたね。朱莉さん。実家が遠いって聞いてたから心配してたの」

「寮も二ヶ月をめどに用意してくれるっていうし、それまではやっかいになろうと思う」

「そっか。朱莉さんは一人でなんとかできてすごいなあ」

「大げさだなあ。充子さん」

朱莉がなんとかできたのはたまたまだ。すごいことなどなにもしていない。

充子がまぶし気に目を細める中、朱莉はのんびりと甘酸っぱい餡の絡んだ肉をまた一つ頬張ったのだった。


終業時刻になると、朱莉はいそいそと帰り支度を始めた。

中華の弁当はなにからなにまで至福の味だった。これは今夜の夕飯も期待できる。

そういえば夕飯の買い出しを真宵はどうするつもりだろうかと考えつつ、朱莉は一階出入り口までおりていった。

「御作くん、やっと出勤してきたと思ったら残業もせずに帰るのかね。これだから女は」

痛烈な嫌みを乗せた張り付くような声に、朱莉が振り返ればくだんの社員五坂がいた。

鼻の下によく手入れされたひげを生やした五坂は、高圧的に朱莉の元まで歩いてくる。

朱莉はめんどくさいと思いつつ一切の感情をひそめさせて会釈をした。

一応目上の社員なので丁寧な態度を取るのだ。まだこの会社にいたいもので。

「こんにちは、五坂課長。お邪魔にならないよう帰宅させていただきます」

「ふん、一身上の都合で休んだのだ。君が抜けた分遅れた仕事をして行くぐらい……」

「御作さんありがとう！　君が肩代わりしてくれたおかげで定時で帰れるよ！」

「それはよかったです、さようなら。……と、五坂課長続きを」

男性社員に礼を言われた朱莉が会釈を返し向き直れば、五坂は顔を引きつらせていた。

おや、と朱莉が首をかしげていれば、五坂はわざとらしい咳をした。

「おっほん。全く君は生意気すぎるのではないかね。多少仕事ができるからって男を立てないとのちのち結婚した時に困るだろうに」

結婚するよりも自分が生きていくことで精一杯なのに考える余裕なんてない。

だから朱莉は気にしないことにしていたが、心のどこかで怯むのも感じていた。

表情は動かしていないつもりだったのだが、それをかぎつけたのだろう。五坂が鬼の首を取ったような顔で言った。

「ああ、君のような賢しい行き遅れの女、もらい手も見つかるはずもないし、見つかったとしてもよほどの醜男だろう。はっはっはっ」

このあたりで五坂の気は晴れただろうから、もう少しで解放されるはず。

帰ったらおいしいものを食べよう。お弁当がこってりした中華だったし、さっぱりしたお魚が良い。切り身ではなく鰯でも鯵でもお頭付きのものを焼こう。きっとおいしい。

朱莉はそっと手を握りしめて、今日のご飯に思いをはせる。

と、視界の端にざわつく一角があることに気がついた。

すぐに人垣が分かれて現れたのは、やたらと顔の良い美々しい青年だ。朱莉と目が合った途端、怜悧な顔を喜色に染めて小走りでやってくる。

言わずもがな、ここにいるはずのない智人だった。朱莉はぶんぶんと振られる犬の尻尾を幻視した。

「お仕事お疲れ様です朱莉さ……」

襟足にかかるほどの髪を乱す智人に朱莉は反射的に駆けよると、彼の口を全力で封じた。

きゃっと頬を染める智人に構う暇《ひま》もなく、朱莉は鬼の形相でまくしたてる。

「今ここで様付けで呼んだり下僕宣言したらあなたを一生様付けで呼ぶわ私の社会人生活を守りなさい」

「は、はい?」

とにかく殺意全開で言いつのれば、智人はなんとか頷く。

すると放置することになった五坂が、顔を怒りに赤くして近づいてきた。

「御作くん！　な、なんだねその男は！」

「申し訳ありません五坂課長。こちらは今お世話になっている家の方です。私を心配して迎えに来てくださったようで」

「な、なにつまりは一つ屋根の下で暮らしていると！　不純異性交遊とはけしからんぞ！」

言神であることを隠したまま説明することができず、朱莉はとっさに言い訳が思いつかなかった。なまじその認識もなに一つ間違っていないことも悪い。

どうしたものかと焦っていれば、す、と表情をひきしめた智人が進み出た。

「いえ不純な気持ちなど一切ありません。僕は朱莉、さんを唯一無二の存在として大切にすると決めておりますので」

朱莉は帰宅しようとしていた社員たちが、ざっと聞き耳を立てる音を確かに聞いた。

その中に、充子をはじめとした朱莉の顔見知りの社員も見つけて天を仰ぎたくなる。

特に五坂が受けた衝撃はすさまじかったらしく、口をあんぐりと開けて惚《ほう》けたように智人を見上げていた。

その顔面崩壊具合も無理もない。なにせ智人という言神は秀麗な青年の姿をしている。表情をほころばせていない彼は理知的にも見え、さらに着ている三つ揃えはこのオフィス街では上等な実業家のような風格をもたらし、華族の御曹司のようにすら見えた。

智人は一応、朱莉の願いを理解して実行してくれたらしい。

必死に願ったかいはあるが、思い切り誤解が広がっているのは気のせいだろうか。

「な、な、な!?」

「では失礼いたします。また明日」

五坂が混乱しているのを良いことに、朱莉は辞去の挨拶をすると素早く智人の手を取る。

後ろで響くざわめきは全力で聞き流して、隅又商事のビルディングから離れた。

あしたしごといきたくない、と本気で思った朱莉だった。

ビルから充分に離れたところで、朱莉はじっとりと智人を睨み上げた。

「来るな、と言ったつもりだけど」

「すみません、気になってしまいまして。迎えに来るなとは言われて、いなかったので」

屁理屈だとはわかっているのだろう、智人は少し身を引きながらもしょんぼりしていた。

彼の肩には本鞄が下げられている。そういえば出会った時も自分で言語リを持ち歩いて自由に歩いていたことを忘れていた。

盛大にため息をついた朱莉は、くどいと思いつつ言いつのった。

「このあたりは弁士廃絶を主張する活動家も多いの。過激な連中にあなたが言神だって知られたら袋だたきにされてもおかしくないのよ」

「僕を守るためだったのですか」

「半分以上は自分のためよ」

智人の表情がぱあと輝くのを見てられず、朱莉は目をそらした。

だが智人は喜色に顔をほころばせながらも、胸に手を当てて軽く頭を下げた。

「ありがとうございます、ですがご安心ください。僕を言神だと見破る者は、それこそ同類か弁士でない限り居ませんよ」

「そういえば、確かに」

朱莉は隅又商事での騒動を思い出して遠い目になる。

ちらりと確認しただけだが、女子社員たちの色めきようからして、智人のことを婚約者かとでも勘違いしているのだろう。

まいったと頭を抱えかけたが、そういえば大して困らないなと気づいた。

なにせ婚約者と誤解させておけば、智人との関係も、同じ家に住んでいる理由も全く説明しなくてすむのである。さらに一番隠しておきたい文庫社についても語らなくていい。

よし、放置しようと朱莉が心に決めていれば、智人におずおずと声をかけられた。

「あの、怒ってないのですか」

きょとんとしたが、朱莉は決まり悪く視線をそらす。

「まあ、今回は助かったしね。でも次はないわよ」

「肝に銘じて」

朱莉が低い声音で念を押せば、智人は真摯に頷いた。

気が抜けるとぐうと腹の虫が騒ぐ。中華はすでに消化されてしまったらしい。

「はー。早く帰りましょ。今日の夕飯はなにかしら。もし買い出しが必要なら……」

「買い出しなら僕がすませて、真宵が用意してますよ。洋食に挑戦すると言ってました」

「それは楽しみ！　……だけど材料費は大丈夫かしら」

反射的に返事をしたものの、一抹の不安がよぎる。だが美味しいものには勝てなかった。

智人が当たり前のように本鞄を差し出し、朱莉の荷物を肩代わりするのに、なんともいえない気持ちになりながら歩き出す。

そういえばどうしてこの場所がわかったのだろう、とふと疑問に思ったが、朱莉は腹が減りすぎていたので問い返す気力はなかったのだった。

巻ノ四　言語リ「鬼神殺し」

平日は通勤、休日は文庫社の手入れをする二重生活が始まり、半月ほどが経過した。

あれ以降智人が商事に来ることはなかったが、女子社員やほとんど接点のない社員にまで根掘り葉掘り探りを入れられた。聞き流すのもそろそろ疲れてきたが、とりあえずは平穏と言っていい。

真宵と智人の関係も相変わらずだ。

朱莉の世話をどちらがするかで張り合うことが多いが、これは喧嘩するほど仲が良い、というものだろうと思って放置していた。付き合うのに疲れたともいう。最近は真宵も朱莉との接触に慣れてきたようで、積極的に甘えに来てくれるため癒しとなっていた。

ちなみに文庫社の手入れといっても、書庫の掃除がおもな役割だ。

ただ書庫に通うたびに見られているような居心地の悪さを感じるようになっていたが、智人から読まなくて良いと言われたことを忠実に守り放置していた。

願われていない仕事はやらないのも、大事な処世術であると朱莉は思っている。

屋敷も真宵と智人の尽力によって整えられ、さらに庭にはびこっていた雑草との格闘も終わりそうで、より快適に過ごせるようになるだろうと考えていたのだが。

しかし時間がたったからこそ、新たな問題が浮上していた。

「ぐう、ガス代光熱費がこんなに高いなんて思わなかったわ……」

居間のソファで、月が替わったために届けられたガス屋、電気屋からの請求書を見ていた朱莉は顔を引きつらせていた。

隣に控える智人も請求書をのぞき込んでいたが、不思議そうにしている。

「そんなに高いですか？　いつもより少ないと思いますが」

「屋敷基準だったら低いのかもしれないけどね。私が暮らしていた部屋の五倍はあるわよこれ。盲点だったわ」

眼を丸くする智人に、朱莉はため息をついた。

朱莉の住んでいた六畳一間は、電灯が一つとガスのコンロと流しの台所がついた部屋だった。トイレは共同、風呂は銭湯というそれは帝都ではごく一般的な造りで、朱莉も特に負担を覚えず光熱費や管理費を支払っていたものだが。

これほど広い屋敷、朱莉が一人で住むだけでも付ける電灯の数が違う。なにより朱莉は風呂の誘惑に負けて、毎日のように湯を沸かしている。残り湯を洗濯に回していても恐ろしい水道代がかかっているのは当然だった。

だってひとり占めできるお風呂は最高だったんだ。と朱莉は全力で主張したい。

「それに、この食費……真宵ちゃんの洋食がおいしすぎて吹っ飛んでたけど、お金かかるものだったわ」

「ごめんなさい、主さん」

いつの間にやら現れた真宵がしょんぼりと肩を落とすのに、朱莉は言い方がまずかったと慌てて慰めた。

「真宵ちゃんが謝ることじゃないわ。私が食欲に負けてお願いしちゃっていたもの。今は和食中心にしてもらってるから大丈夫だし。……ただまあ、この光熱費をどう払うかよね」

悄然とする真宵の頭を撫でてやりながら、朱莉は家計簿と突き合わせて悩み込んだ。

すでに宗形からもらった見舞金は底をついている。智人と真宵に預けて、仕事で忙しい朱莉の代わりに切れていた電灯やふきんなど生活用品を調えてもらっていたからだ。

代償として節約と縁のない使いかたとなっていたが仕方あるまい。さらに先を争って朱莉になにかを食べさせようとしたために、普通ならひと月は持つ食費が消えていたのだ。

この気楽な生活は期間限定だ。貯蓄をするのであればいろいろ考えねばなるまい。

智人がおずおずとした様子で声を上げた。

「あの、僕たちが共に食べるのをやめれば良いのでは」

「うーん。どうせ、一人分だけ作るのも二人分作るのも経済的には一緒でしょ。ならつまらないから一緒に食べてくれたら嬉しいわ」

「真宵も？　真宵も食べていいの？」

「もちろんよ。おやつの時間もはずせないわ」

自分の欲望に忠実な朱莉が言えば、真宵は嬉しそうににっこりと笑った。

またうりうりと撫でてやりつつ、朱莉はそういえばと彼らに聞いてみる。

「あなたたちって、人間がご飯を食べるみたいに栄養の補給っていらないの？」

「真宵たちは読まれることがご飯だよ」

真宵の言葉を補足するように、智人も言う。

「言語リに入っていることである程度存在は保たれますが、能力を発揮するためには弁士の語りを動力とします。なので定期的に読んでいただくことが滋養ですね」

つまりは読め、ということか。朱莉が書庫の中に奉られた言語リを思い出してなんともいえない気分になっていれば、智人はそつなく答えた。

「こちらの書庫にある言語リたちは、すべて宗形が手入れしたばかりですから大丈夫です。頻繁に手入れが必要なのは、よく顕現させている言神たちくらいですから。真宵はすでに、朱莉様に読み通していただいてますので問題ありませんし」

「ふうん」

「真宵、元気」

ぐっと力こぶを作って見せる真宵に、朱莉は表情をやわらげた。

管理人である智人が言うのであれば、大丈夫なのだろう。自分が今考えるべきは次のお給料が手に入るまで、どうやって過ごすかだ。このままでは自分のお給料も圧迫してしまうが、どうしても風呂は譲れないのである。贅沢に慣れてしまった己が恨めしい。

「うーんせっかく庭があるし、食料自給のために畑でも作ってみる？　いやでも間借りしてるだけの身でいじるのは駄目か……」

「朱莉様さえよければ、お庭の手入れはしてもよろしいかもしれません。一応ある程度は僕が整備をいたしましたが、まだまだございますので」

「お家、お手入れしてくれるの！」

嬉しそうに体を弾ませる真宵に癒されつつ、今日の方針を決めた朱莉は立ち上がるが、不意に真宵が玄関の方を向いた。

「おきゃくさん。来た」

え、と思った途端、カンカン、とノッカーの音が響いてくる。

朱莉と智人が玄関に向かい扉を開ければ、そこに居たのは顔見知りだった。

「宗形様！」

「よう、うまくやっているか」

以前と変わらず軍服を緩く着崩した宗形は、やる気がなさそうな顔で片手をあげていた。

全く音沙汰がなかった宗形の突然の来訪に朱莉が驚いていれば、あどけない声が響いた。

「宗形、相変わらずだらしない」

朱莉の傍らに洋風のレースがあしらわれた墨色の振袖を着込んだ真宵が、どん、と腕を組んでいた。その様は外見の幼さに似合わぬ貫禄がある。

「真宵ちゃん!?」

「相変わらず内弁慶だな」

真宵の辛辣な物言いに朱莉が驚いたが、宗形は呆れた顔をしていても特に気にした風はない。しかしそれを許さぬ存在もいた。

「ご主人を悪く言うな」

宗形の脇から犬耳を備えた少女、黒江がにゅっと顔を出した。黒江もまた黒い着物を着ているが、黒でありながらも華やかな真宵とは違い、喪服のような黒さがあった。

黒江は威嚇するように犬歯をむき出しにするが、真宵は悠然と小さな胸を張った。

「主の生活を守るのも従者の役割だもん。従うだけならただのわんこ」

「きさまが言うかこのひきこもり！　今まで主を定めなかったくせにっ」

「ここは真宵でもあるもん。それにもう真宵にも主さんいるもん」

「え、私!?」

真宵がきゅっと朱莉に抱き着いたことで、朱莉は黒江の驚愕の眼差しを一身に受けることになった。黒江の黒髪から覗く耳と、腰の尻尾が衝撃で膨らんでいる。

気まずいが、ここでなにも言わないのもおかしい。

「え、ええと真宵の主さんはいい読み手だもん」

「真宵の主さんはいい読み手だもん」

「ご主人にかなうわけなかろう！」

「べーだ」

真宵は黒江に舌を出すと、自分の仕事は終わったとばかりに消えた。

わなわなと震える黒江に朱莉が少々同情していると、朱莉をじっと観察していた宗形が話しかけてきた。

「御作嬢、いま、黒江が見えていたな」

「その、真宵ちゃんが失礼しました。あとで黒江さん甘やかしてあげてください」

見えていたもなにも、今そこで話していたではないか。言葉の意味がわからず、とりあえず朱莉は詫びたのだが、宗形は別のことに気を取られていた。

「真宵が顔を出しているんだな。それにあの倉庫を片付けられるとは思わなかったぞ」

「ええ、まあ。……やっぱり倉庫だったんですね。ここ」

朱莉はこの男が文庫社の様子を一切話さなかったことを思い出し、若干恨めしげに睨んだのだが、宗形は全く気にした風はない。

「片付けの手が必要だったら派遣するつもりだったが、真宵に無理をさせたくなかったからな。とはいえいい加減どうにかしなきゃならんと思っていた所だったから助かったぞ」

この、と朱莉が怒りに頬をひきつらせたのは当然だろう。

真宵のためだったといわれればこれ以上文句は言えない。しかし、宗形の表情にはどこか感心と驚きの色があるのが不思議だった。

だがすぐに宗形の顔が嫌そうにしかめられる。視線の先にはなぜかしたり顔の智人がいた。

「なんて言ったって朱莉様ですから。これでわかりましたでしょう宗形」

「お前に言われるのは癪《しゃく》に障るがな」

朱莉は心底忌々しそうな宗形の様子が少々気になったが、これでは話が進まないのでひとまず気にしないことにした。

「で、宗形様はなんの用ですか」

「文庫社の様子見と、ちょいと頼みたい仕事があってな。小遣い稼ぎをしないか」

「お話を聞きましょう。智人お茶の準備を頼んで良い？」

「かしこまりました」

「いや早くないか」

顔を引きつらせる宗形を華麗に受け流した朱莉は、中に入るよう促したのだった。

＊

宗形が帰った後、朱莉は上機嫌で湯飲みを片付けていた。来週末、小遣い稼ぎが決定したためだ。奮発しておやつのせんべいまで出したほどである。

「朱莉様、本当にお仕事を受けられるのですか」

「受けるよ。危険はなさそうだし、お小遣い欲しいし」

「ですが蔵書の整理を手伝うというのは……」

心配そうな智人に、ほんの少し頭が冷えた朱莉は、宗形の依頼を思い返した。

簡単に言えば、宗形が持ってきたのは民間の家から言語リを回収することだ。

なんでも昔は高貴な家では縁起物として、神魔が封じられた言語リを収蔵することがあり、一般の蔵書の中に言語リが紛れていることがあるらしい。そしてある一定の家格の屋敷が蔵書を手放す際には、弁士の立ち会いが必要で、蔵書に言語リが交じっていないか確認するのだ。宗形はその作業に朱莉をかり出したいという。

「人手不足って本当なのね。弁士でもない私まで使おうっていうんだから」

「最近の雷獣や言神の暴走騒ぎで、弁士たちが捕縛にかり出されているみたいですから。

それでも朱莉様を良いように使うのは」

宗形の話を朱莉の傍らで聞いていた智人の顔は浮かない。

本を分類し、言語リを探すだけで、危険はほぼないと宗形からは説明されていた。業務内容を聞く限り朱莉も同意見だったが、ここまで浮かない顔をされると気になる。

「ねえ智人、そんなに言語リを回収するのって危険なの」

「いえ、宗形が説明した通りです。華族の屋敷に収蔵されている言語リに、荒魂を封じたものは少ないものです。もし不測の事態があったとしても、本職の弁士が対処しますので朱莉様にかかる危険は低いと推察いたします」

「なら、私が言語リの整理をできないと思ってる？」

ほっとした朱莉が次の懸念を訊ねると、目を見開いた智人は勢いよく首を横に振った。

「そんなことはみじんも考えておりません！　言神を認識できる朱莉様はこれ以上ないほど適任です！　むしろあなた様に言神がなつかれてしまわないか心配なんです。雑霊など朱莉様に近づけさせたくないですし！」

早口で告げられた言葉に朱莉は呆れた。

言神は周囲に干渉する力を持たない霊体という形で顕現することがあり、それが見える人間は言語リが見分けられるのだという。玄関先で顔を出した黒江が霊体だったそうで、宗形はその時に朱莉が言神を見る力があるか試験していたらしい。

朱莉は言神としばらく暮らしたことで、その能力が目覚めたのだろうと宗形には言われた。

「そんなことあるわけないでしょ。だって私は言語リをまじめに読む気ないし、本の整理に行くだけよ。妙なことが起きるわけないわ」

「ですが……いえ、わかりました。ちょうど良い機会でもありますし」

朱莉が取り合わないと智人は言いよどんだが、なにか思い直したように改まった様子で朱莉に向き直った。

「危険が全くないわけではございません。護衛役として新たな言神を連れて行ってくださいませんか」

「新しい言神って、そこまでやるの？」

大げさなような気がして朱莉は眉をひそめたのだが、智人は真摯に言いつのった。

「一般の家に収蔵されている言語リは充分な手入れがされておらず、再封印が必要になった場合、危険が伴う可能性があります。万が一のことも考えて護衛役は必要です」

「でも私は……」

「弁士の『語り』が必要なのは、あくまで言神の能力……権能を発揮する時だけです。朱莉様が語る必要はございません。肉の壁ならぬ神の壁にする程度でしたら顕現させるだけで事足ります」

「いやそれも酷じゃないかしら……？」

喰い気味に言われた朱莉は、ふと首をかしげた。

「その護衛役ってあなたじゃ駄目なの？　てっきり付いてくるものだと思っていたけど」

あの雷獣を蹴り飛ばしたほどなのだ。護衛としての能力は充分だと思うのだが。

すると智人は少し困ったような、申し訳なさそうな表情になった。

「もちろん付いて参りますが、僕だけでは万が一の時に朱莉様を守り切ることができません。それに普通の弁士に会うのでしたらこちらも防備を整えなければ……」

「なる、ほど？」

なんとなく智人の態度が引っかかったが、あれほど自分の世話をしたがる彼がここまで言うのだ。やはり必要なのかもしれない。嫌ではあるが、お金を稼ぐほうに天秤が傾いた。

「わかったわよ。でもどれを呼び出せば良いかなんてわからないわよ」

「ありがとうございます！　おすすめがありますので書庫に参りましょう！」

「えっちょっと今からなの」

心底ほっとした顔になった智人に片付けていた湯飲みを取り上げられて、朱莉は驚く。

「はい、朱莉様も当日いきなり呼び出して、未知の言神に会うよりはあらかじめ言神のなりをお知りになりたいでしょう。幸いにも一週間ございます。その間に親睦を深めましょう！　さあ真宵、湯飲みはお願いしますねっ」

「あい、主さんいってらっしゃい」

「しょうがないわね」

いつの間にやら出てきた真宵にも見送られ、明るい声音で言う智人にせかされた朱莉は書庫へと向かうことになったのだ。


言語リが納められている書庫は、相変わらず静謐で清浄な空気で満たされていた。

なんとなく汚して置くのがためらわれて、朱莉もここだけはしっかり掃除をしている。

書庫内の壁に並んだ言語リの棚の数々を見回して、よくこんなところで寝ていられたな、と考えながら朱莉は智人に話しかけた。

「で、どうしたら良いのかしら。そもそもどれにしたらいいの？」

なるべく面倒そうじゃないやつが良いという本音を隠していれば、智人は右手の書棚の特に広く取られた一角を指し示した。

「今回、朱莉様に起こしていただくのはこちらです。神書棚の前で、二拍手一礼をしたあと、取り出していただけますか」

その細いしめ縄と札が貼られた本棚の一角に朱莉は向き合うと、言われるがまま二拍手一礼をする。どこか空気が澄んだような気がして、やはりここは特別な場所なのだなと改めて感じながら朱莉は棚の上に手を伸ばした。

朱莉の目線の上にある棚であるために、表紙が確認できなかったのだ。

取り出したのは和綴じの書物だった。真宵の時とは違い、青鈍色《あおにび》の表紙は補強された和紙で、それなりに厚みがあり手にずっしりと重みを感じる。そして黒々とした墨書きで達筆に記されていた題名「言語リ　鬼神殺し」に朱莉は目を見開いた。

「こちらは、ある侍の生涯を記した……」

「鬼神殺し箕島勘助《みしまかんすけ》！」

「ご存じなのですか？　確かに歌舞伎や浄瑠璃の題材にもなっていますが、物語がお嫌いですからてっきり……」

目を丸くする智人に朱莉はしまったと思った。

けれどどきどきと胸が高鳴るのを抑えて、平静を装って応じた。

「いちおう教養程度には知ってるし、学校の成績は良かったから、歴史上の箕島勘助はそこそこ詳しいわよ」

「なるほど。そちらまでは把握していませんでした。言語リでは、あくまで記された逸話で能力や強さが決まるものですから。史実がどうであったかはあまり関係がないのです」

不審には思われていないようで少しほっとしつつ、朱莉は疑問を覚える。

「多くの人に語られている物語は、それだけ力があるってことならわかるけど、人間の逸話も言語リにするのね。妖怪とか化け物とかを封じる手段だと思っていたのだけど」

「ええ。人もまた、恨みを持ち怨霊や妖怪。鬼と化すことはありますから」

「け、結構えぐいこと言うのね」

朱莉が少々身を引いていれば、智人は不思議そうに小首をかしげた。

「そうですか？　荒魂を封じるのもまた言語リですから。怨霊と化せば人も封じる対象ですよ。古《いにしえ》の皇《すめらぎ》や武将なども言語リが生まれる以前には現人神《あらひとがみ》として祭られておりますし」

「いや、うん。そうだけど」

「あと、強力な言神の封じられた言語リの場合、写しを作ることで分霊し利用する事もよくあるのです。原典と違い様々な解釈を入れられるのが常ですので、力は衰えますが……」

箕島勘助だったらそういったこともありうるだろうと朱莉はひとまず納得することにした。彼の功績と罪は何百年も前にもかかわらず多くの人々を引きつけてやまないのだから。

「でも封じた存在の写しを作るなんて、一体なんのため？」

「たいていは神魔に対抗するためです。分霊という形でその題材となった言語リの力を利用することができますから」

「……つまりは武器として作られるってこと」

朱莉が踏み込めば、智人は曖昧な表情で沈黙した。

それは肯定しているようなものだろう。朱莉は息をついて青鈍色をした表紙を撫でた。

このさわり心地は、とても良いものなのだが。

「呼び出すだけでしたら、真宵の時と同じように名を呼ぶだけで充分ですので」

智人の言葉に頷いて少し呼吸を整えた朱莉は、はらりと青鈍の表紙をめくる。

「〝定義されしは鬼神殺し、名を箕島勘助〟」

開いた頁から、青鈍色の帯が力強く伸び上がる。

真宵の時とも智人の時とも違うそれは、目の前でゆるりと絡み合い人の形を作り出す。

朱莉がその形取った姿の大きさに目を丸くする中、やがて青鈍色の帯が解けると、精悍な面立ちをした三十代ほどの男がたたずんでいた。

背丈は智人とほぼ変わらない。洒落っ気のない青鈍の着流しに身を包んでおり、高い位置で無造作にくくった髪がざんばらに広がって肩あたりで遊んでいる。腰には打刀を一振《ひとふり》差しており、使い込まれているのがわかる柄《つか》が妙に鮮やかに映った。

どこか圧迫感を覚えるのは、表情や全体からにじみ出る険しい空気のせいだろう。

しかし箕島勘助は鋭い三白眼をゆるりと開いたかと思うと、大きくあくびをしたのだ。

「ふ、ぁあああ……よっく寝たぁ」

緊張していた朱莉が戸惑う中で、勘助は全く気にせず無造作にぼりぼりと腹を掻いている。そうすると纏っていた空気が一気に砕け、怠惰な気配に変わった。

先ほどまでの鋭さなどみじんもなく、くたびれた気配すら漂う姿に面食らう。

「あなたが、箕島勘助さんですか」

「おう、俺が勘助だ。いちおうハジメマシテだな、嬢ちゃん」

にっと粗野に唇の端をつり上げる勘助の含みのある言葉は引っかかったが、朱莉が追求する前に智人が声を発した。

「おはようございます。勘助」

「よう智人。お前が俺を呼ばせるなんざどういう風の吹き回しだよ。明日にゃ血の雨が降るってことはねえよな」

「仕事ですよ。来週末、この朱莉様の護衛役をしていただきたいのです。あなたが一番適役ですから」

茶化しながらも物騒なことを言う勘助に、智人は平静な表情で事情を説明する。

おすすめ、と言うからには朱莉はそれなりに親しいのだろうと思っていたのだが、気安くはあるもののどこかぴりっとしたものが漂って戸惑った。

しかし勘助はそんな気配など感じていないように、懐から出した手で顎を撫でた。

「ふうん。話はわかった」

「よろしくお願いします。御作朱莉です」

「……ま、久々の娑婆だ。それくらいはしてやらあな。ただ人前で着替えないようにした方が良いぜ」

いくら怪しかろうと、社会人の基本は挨拶からだ、と朱莉はぺこりと頭を下げたのだが、勘助に奇妙なことを言われてきょとんとした。

「ひとまえ？」

「俺たちは言語リに封印されていても、なんとなく周囲が見えたり感じられたりするもんだからな。だいたい人の目と同じくらいか？　育っているところは育っているみてえだが、ちょいとばかり痩せすぎじゃねえか」

勘助がしみじみと言うのに、ようやく思い至った朱莉はがっと顔に血が上るのを感じた。思わず周囲を見回せば、神書棚には空きはあれど、それなりの数の言語リが今も眠っている。朱莉は初日にはここで寝起きしていた。あまつさえこの部屋で何度か着替えもした。

智人を追い出しただけで満足していたが、もし言語リに意識があったとしたら。

そういえば思い当たることはいくつかある。真宵に名乗った時はまるで事前に朱莉の名前を知っているようだったし、なんとなくこちらの行動を把握している時があった。

タイミング良く智人が現れる時は、必ず本鞄を持っている時だったじゃないか。

言語リを通して把握していたのだとしたら、すべて説明が付く。

朱莉の中で感じたことがないほどの熱がこみ上げた。

本を誰に開かせるかを自由にできるのであれば気づけてもおかしくなかったのに。気づかなかった己への怒りと、勘助の指摘の仕方の意地悪さにも怒鳴り散らしたい思いでいっぱいだったが。

「あの、朱莉様？　どうなされましたか」

朱莉はまず目の前で困惑する智人をぎん、と睨み上げた。

「どうなさったもこうもございません夜行様」

「あ、朱莉様!?」

「しばらく近づかないでくださいませ。部屋も食事の仕度も真宵ちゃんに任せます」

「そんなご無体なっ」

「無体かどうかは、ご自分の胸に手を当ててお考えくださいませ」

朱莉が愕然とする智人を絶対零度のまなざしで睨んでいれば、くつくつと笑う勘助が朱莉の脇を通り過ぎる。

「せいぜい俺をうまく扱うんだな。嬢ちゃん」

ざんばらの髪をゆらし、部屋から出て行く勘助のうさんくささも朱莉は気になったが、今は半泣きで取りすがろうとする智人を優先したのだった。

＊

朱莉が言語リ「箕島勘助」を呼び出してからあっという間に一週間が過ぎた。

言語リについて説明を一切しなかった智人に関しては、丸一日朱莉が敬語を使い続けた結果、全力で泣きを入れてきたためにひとまずやめた。

まあ、言語リについてよくよく聞こうとも知ろうともしなかった朱莉にも非があったのだ。長引けば引っ込みが付かなくなっていただろうし、ちょうど良かったともいえる。

宗形からあらかじめ言語リ回収に関する手引き書が送られてきていたため、会社から帰宅後はそれを片手に勉強会を開くのが朱莉の日課になっていた。

「顕現した言神は現世に干渉する力を得て、語られた逸話の力を振るえるようになります。その際言神は語った弁士の影響下にありますので、他の弁士の語りには反応しません」

「止める方法はないの？」

「言神が顕現する力を使いはたす以外ですと、弁士が意識を失うくらいしか……。あるいは言語リに触れて語り直すことで命令権を奪えることもあります」

「真宵ちゃん、今の話はほんと」

「ほんとだよ」

朱莉が隣に座る真宵に確認すれば、反対側に座る智人はものすごく悲しそうな顔をした。

だがしかし、食堂の机で冊子と本を広げていた朱莉は綺麗に智人を無視すると、真宵へ疑問を投げる。

「あれ、そもそも言神が普通の人に見えるのは顕現された時だけなのかしら？」

「文庫社の中なら、普通の人でも見えるし、言神も自由にうごける」

「ええと、文庫社が特殊な霊場だから、だっけ」

「うん。お外に出られないけど、ごはんも食べれるよ」

「なるほど……。あれ、でもこの文庫社にある言語リから、誰も出てきていないわね」

朱莉が新たな疑問に首をかしげていると、真宵は胸を張った。

「神書棚に祀《まつ》られた言語リは、弁士さんに読まれないと出られないの」

「でも真宵ちゃんは、読まなくても呼ぶと来てくれるよね。どうして」

「真宵はこのお家《うち》とつながってるから特別なの。出てこれないと、主さんのお世話できないでしょ」

そう言えば、初日の攻防の際も家に帰ってきた途端、文庫社内に出てきていたか。どうやら真宵もまた、特殊な言神だったらしい。

足を揺らめかせながらむふうと自慢げにする真宵は、大変楽し気だった。

ちなみになぜ食堂で勉強会をしているかと言えば、書斎の電球が取り換えられておらず夜は使えないからだ。

さりさりと鉛筆を滑らせ、かなり余白が埋まった冊子に満足していた朱莉だったが、扉が開けられる音に顔を上げる。

智人が敵愾心たっぷりのまなざしで睨む中、食堂にふらりと勘助が入ってきた。

「おう、嬢ちゃん帰ってたのか。毎日毎日お勤めたぁご苦労さんなこって」

「ただいま勘助。そりゃ働かないとご飯食べられないからね……ってちょっと待って、なんで酔ってるの？」

「そりゃあさっきまで昼酒してたからなあ。嬢ちゃんのおかげで久々に飲めて楽しいぜ」

「そうじゃなくて、今日はお酒買ってきてないはずでしょ？」

上機嫌の赤ら顔で言う勘助に朱莉が眉を寄せれば、はっとした様子で真宵が立ち上がって厨房へ走る。すぐに戻ってきた真宵は、涙目で悔しそうに言った。

「お料理に使おうと思ってたお酒、からっぽだった」

「そこか……っ！」

抜け目なさに朱莉が呆然としていれば、全く反省していない勘助がのんびりと言った。

「まあ良いの使ってるな。悪くなる前に飲まないといけねえからな。うまかったぜ」

「その咥《くわ》えてるやつも私のおやつのするめじゃない……」

「嬢ちゃんずいぶんしぶい趣味してんのな」

からっからと笑いながらするめを噛む勘助を、朱莉はじっとりと睨みつける。

このやりとりがこの一週間、ほぼ毎日繰り広げられていた。

朱莉が口を開く前に、智人が堪えかねたように立ち上がって勘助へと身を乗り出した。

「勘助、うちの財政圧迫しないでください！　朱莉様がお優しいから良いものをこの一週間で何本空けてるんですか！」

「んなもん覚えてねえよ。もちろんそれぞれの酒はうまかったけどな」

「じゃあ安酒でもいい？」

「それとこれとは別だ」

朱莉が横から問いかければ、勘助があっさりと手のひらを返す。

まあそうだろう。朱莉だっておいしいものが食べられるんだったらそちらを選ぶ。

勘助の返答に朱莉が納得していると、動揺した智人が朱莉に詰め寄った。

「あ、朱莉様はいいんですか！　お金を稼ぐために明日行くんでしょう!?」

「いやでも報酬欲しいって言うんだから、あげないと」

そう、ただ働きは良くないと思うのだ。

とりあえず朱莉が感じた印象で、箕島勘助という言神は典型的な呑み助だった。

『まあ、俺の仕事はわかった、が。ただではできねえな』

呼び出した内容を理解した勘助は屋敷内のひと部屋に居座ると、仕事の報酬として酒を要求したのだ。

朱莉が承諾して以降、朝起きては迎え酒を飲み、昼は二日酔いだと言ってだらしなく寝そべり、夜には本番だと酒盛りをしているらしかった。放っておくと一人で一升瓶を空にするため、朱莉のお財布はさらに危機的状況に陥っている。

それでも言神だったとしてもただ働きは良くないと思い、朱莉は仕事帰りに適当な酒を購入して帰っていた。

とはいえこの有様を見ていると、護衛として本当に役に立つのか少し疑問に思ってしまうのは仕方がない。

そろそろ近所の酒屋さんに顔を覚えられてしまっていて恥ずかしいし、と朱莉が考えていれば、まだ承服できない様子の智人が出し抜けに言った。

「あと勘助、確かに朱莉様はじじむさい嗜好をされておりますが、それもまた朱莉様の魅力なのですよ！」

「智人ちょっと黙って」

「はいっ!?」

朱莉が冷淡に言えば、智人は戸惑いながらも黙り込む。

まだうら若き乙女なつもりなので、渋いは許せてもじじむさいは許せないのだ。

勘助はそのやりとりを面白そうに見つつ、朱莉の差し向かいの椅子を引き出して勝手に手酌で酒を飲み始めた。もちろんつまみのするめは朱莉のおやつである。

ちょっぴり悔しかった朱莉は、上半身を伸ばして細かく割かれたするめを脇からかっさらった。目利きした通り、我が愛しのするめは大変に美味だ。

夕飯後でもおやつは別腹とかじっていれば、愉快げに勘助が酒《さか》どっくりを振った。

「嬢ちゃんも一杯やるか」

「やらないわ。明日は仕事だし」

「そういえばそうだったな」

もはや目上だろうがなんだろうが気にするのも馬鹿らしく、敬語もほぼなしだ。

ただ、心底うまそうに酒を呑む姿を見ている、となんだか毒気を抜かれてしまうのが憎めないところだった。

朱莉がぼんやりと眺めていれば、くいと猪口《ちょこ》を傾けた勘助がこちらを向いた。

「嬢ちゃん、んなに根詰めたところで、金が貰えるわけじゃねえだろ。とっとと寝ろよ」

「んなっ朱莉様の努力を馬鹿にするのですかっ」

智人が聞き捨てならないと勘助へ詰め寄る。真宵もむっとした表情で勘助を睨みつけ一触即発の事態にもかかわらず、勘助は全く動じた風もなかった。

ただ悠然と猪口を持てあそびながらこちらを見つめるのを、朱莉はじっと見返した。

「……そうね。そろそろ引っ込むわ。明日はちゃんと付いてきてくれるのよね」

「まあな、これだけ愉快な酒をもらったんだ。酒代くらいは働いてやるよ」

「勘助っ」

智人が咎めるのも全く意に介さず勘助は立ち上がると、すれ違いざま彼の肩を叩いて去って行った。

見送る形になった智人は怒りに震えていたかと思うと、朱莉に向かって頭を下げる。

「朱莉様あのような男を勧めてしまい申し訳ありません。完全に僕の間違いでございました。あれでしたら僕だけが付いていく方がまだマシです」

「前々から気になっていたんだけど、智人はどうして私にあの人を薦めたの」

完全に大まじめに言いつのる智人に朱莉が問いかければ、彼は少し言いよどんだ。

「……純粋に、強いからです」

智人は口惜しげな様子でもそう告げた。偽ることなどできない、とでもいうように。

「鬼神殺しと定義される言語リは多々あれど、実際に切ったとされるのはごく少数です。伝承された逸話だけでも効力を発揮するとはいえ、その差は言神にとって計り知れぬほど大きい。そして箕島勘助は数少なく史実に鬼や神殺しが記録されている存在なのです」

「そうね、主君に任された鵺《ぬえ》狩りに、さらわれた娘たちを取り返しに行ったとされる鬼駆けは人間離れしていたわ。持ち刀の銘が『鳴神切《なるかみぎり》』になったのだって、日照りを起こして子供を贄《にえ》に要求していた鬼神を、鬼神が起こした雷ごと切ったからでしょ」

鬼は神と同列に扱われる、災害にも等しき存在だ。残虐にして残酷。不可思議な術を使う者すらおりひとたび人里に現れれば、飽きるまで蹂躙を繰り返す。

朱莉が引き合いに出した鳴神という鬼は、十の村と一つの都市を滅ぼして、幼子の肝を食うことを好んでいたという。

だが箕島勘助は、そんな伏して過ぎ去るのを待つしかない存在を、人の身で切ったのだ。

「はい。弁士要らずと称されたほどの武士です。故に言語リに定義された箕島勘助は、ありとあらゆる神魔魍魎を切ることができます。今回の仕事にこれ以上ないほど適任です」

「でも、言語リに書かれた悪い逸話が表に出るってことはないの」

智人が一瞬言葉に詰まった理由を、朱莉はなんとなく察しながら言葉を続けた。

「箕島勘助は確かに鬼神殺しで有名だけど、もう一つ有名な悪名があるわよ。それでもあなたは私に持たせたの」

「……朱莉様が言語リを語らないとおっしゃったからこそ、おすすめしました。語らずとも強い。むしろ語らないからこそ力を発揮しますので」

「あんな昼行灯《ひるあんどん》を絵に描いたような飲んべえでも？」

「そ、それを言われると弱いのですが……僕らが顔を合わせた時は違ったのですよ……」

しょんぼりと眉尻を下げる智人は気を取り直したように言った。

「普通は悪名も権能として使われますし、よほどの物でも写しを作られる場合は省かれることが多いので、よほどのことがない限り問題にはならないんです。……ええとあの、これも言った方が良いことでしたでしょうか」

智人はよほど朱莉に敬語を使われたことがこたえたらしい。

おずおずと伺うようにこちらを見る青年に、朱莉は思わず吹き出した。

「私は言語リの語り方もわからないのよ。語れって言われても無理だから、教えてもらってもらわなくても同じだったわ。今教えてもらったからこれは問題なし」

「そうですか、よかった」

ほっとした様子で息をついた智人は、朱莉が荷物をまとめているのに気がついて瞬いた。

「本当に、今日は終わりにするのですか」

「まあね。最近ちょっと夜更かし気味でもあったし、明日に響かないように早く寝るわ」

「確かに寝室にこもられて、なにかされていたようでしたが。どこからか書物を借りられていたようでしたし」

なに気なく呟いた智人に、立ち上がった朱莉は冷めたまなざしを向けた。

「智人、なぜ知っているのかしら」

「い、いえ違うんですよ!?　ただ窓から明かりがこぼれていましたのでっ」

「まあ、そういうことにしておいてやりましょう」

朱莉が納得したのに息をついた智人が、きらきらとしたまなざしで朱莉を見つめた。

「でしたら、明日は僕が……」

「真宵ちゃん。悪いけど明日寝坊しそうになったら起こしてね」

「わかった。主さん、ちゃんと起こすね」

「ああご無体なっ」

今までのんびり手遊びをしていた真宵が任せろと胸を叩くのににっこり笑って、朱莉は自室に戻ったのだった。

＊

とはいえ、朱莉は少々懸念してはいたのだ。

宗形に紹介された仕事は、弁士が必要であるにもかかわらず、朱莉のような素人に毛が生えた程度の人間をかり出すのだから、なにかしら事情があるのかもしれないと。

待ち合わせ場所に指定された弁士協会は、日中に見ると左右対称に形作られた、遠く西洋の神殿のような列柱が立ち並ぶ白亜の西洋館だった。

路面電車を利用して訪れた朱莉は、待ち構えていた宗形の言神、黒江に羽織を押しつけられた。なんでも、弁士協会所属と一目でわかるように作られた制服なのだという。

黒鳶《くろとび》色の羽織の背には、弁士協会の象徴である琴柱と蔓草が意匠化された紋が白く染め抜かれている。それは仕事、ということで選んだ縹《はなだ》色という霞がかったような青の小紋と調和していた。

髪は悩んだが、上半分だけお団子にまとめ、邪魔にならない程度に髪を背に流している。

「お似合いです、朱莉様」

「まあ良いんだけどさ。今日組む弁士、遅くないかしら？」

頬を染める智人を適当にあしらいつつ、朱莉は弁士協会前にもうけられたベンチに座ってため息をついていた。待ち合わせ時間はすでに三十分ほど過ぎている。

目の前では朱莉と同じ黒鳶色の羽織を引っかけた者や、宗形と同じ軍服風の制服を着た者が男女問わずひっきりなしに出入りしていた。彼らに共通するのは、なんらかの形で本が入りそうな鞄やケースを身に着けていることだろう。

かくいう朱莉も、傍らにしっかり本鞄も置いてある。

お互いに顔を知らないために黒江が付き添ってくれているが、彼女は微動だにせず門の方向を見つめている。全身から不機嫌な気配を発していて、朱莉は少々不安になった。

「私、彼女になにかしたかしら……」

「命令とはいえ己の言語リから離れているのが、落ち着かないだけだと思います。個体差はありますが、言神は本体である言語リから離れることに、不安を覚えるものですから」

こそりと朱莉が呟くと、智人にささやき返されて納得した。

しかし黒江の打ち解ける気が全くないたたずまいに、朱莉は話しかけるのをあきらめた。

と、その彼女がわずかに顔を動かす。

ちょうど正門から入ってきたのは、先ほどからよく見ていた無骨な軍用車だった。

き、と止まると、きっちり弁士の軍服を着こんだ男が窓を開けて顔を覗かせた。

「今日の助手は貴様か。とっとと乗るがいい」

朱莉より少し年上くらいだろう。神経質そうな面立ちの男が苛立たしげに言うなり軍用車の扉を閉めた。

朱莉は智人が身を乗り出そうとするのを制す。この手合い口答えしても悪化するだけだ。

「智人、目的地に着くまで戻ってて」

「……はい」

朱莉は不承不承と言った様子で姿を解けさせた智人に息をつきつつも、今にも帰ろうとする黒江を呼び止めた。

「黒江さん、宗形様に言付けをお願いいたします」

「なに」

「後で割増料金要求します。と」

目を丸くする黒江を横目に朱莉は本鞄を肩にかけると、前の座席の扉を開けた。

そこが車に乗る時の下座だと知っていたからでもあるが、朱莉はあの青年の隣に座るのは遠慮申し上げたかったのだ。

運転手は年かさの軍人のようだったが、弁士よりも階級が下らしい。一瞬だけこちらを向いた彼が、同情するようなまなざしを向けてくるがなにも言わなかった。

朱莉が座席に収まった途端、後ろから苛立たしげな声が聞こえた。

「ふん。精々足手まといにはなってくれるなよ」

とりあえず、朱莉は宗形が己を生け贄に捧げたことだけは理解した。

くだんの屋敷は帝都の中心地から東南に下った地域にあり、華族や財界人の屋敷が立ち並ぶ一角にそびえていた。

待ち時間に読んだ資料によると、それなりに財を持った家らしい。広々とした玄関ホールには、大きく重厚な柱時計が鎮座していた。

最近、富裕層の屋敷を中心に言神が勝手に顕現するという謎の事態が頻発しており、不安に思った者たちが、それぞれの伝手《つて》を通じて弁士協会に調査を求めているのだという。

本来ならば取り合うことはないらしいのだが、弁士協会はこれを機に未登録の言語リを把握するために、積極的に弁士を派遣することにしたらしい。

今回朱莉が訪れたのはそういった家の一つだった。

「弁士隊所属、雨海《あまみ》少尉である。これより言語リの調査を行う。何人《なんぴと》たりとも近づくな。反抗した場合実力行使も辞さん」

今回同行することになった雨海は、遅れたことも全く反省したそぶりを見せず、屋敷の使用人や主を脅すと、朱莉に無造作に指示を出した。

「俺は屋敷内を一回りしてくる。貴様は書庫の書物すべてに目を通して言語リを探せ」

朱莉が返事する前に屋敷の主と共に去って行った雨海に息をついた後、朱莉は自分の仕事に取りかかった。その前にこの屋敷の使用人頭に平身低頭することも忘れない。

これくらいはなんでもない。なにせ商事で働いている時には常であるから。

「あの男一体どういうつもりですか！　まったく！」

とりあえず無我の境地に至っていた朱莉だったが、一人きりになった途端、現れた智人が憤然としたために思わず吹き出した。

「そんなに熱くなったって変わりはしないわ。落ち着きなさい」

「ですがっ！」

なおも悔しげにする智人に朱莉はどうしたものかと思ったが、その前に壁に寄りかかっていた勘助が口を開いた。案内された書庫に入ってすぐに顕現させていたのだ。

「ああいう中途半端に矜持を持った手合いは、下に見てるやつの言葉なんざ聞きやしねえよ。どうせこの場限りのつきあいだ、ほどよく合わせてほどよく距離を取るのが賢い対処法ってやつだ」

勘助が悠々と壁に背中を預け刀を抱える姿は無造作だったが、どことなく有無を言わせない空気を醸し出していた。そして間違いなく朱莉と同意見である。

納得はしていないもののぐうと黙り込んだ智人に、朱莉はほっとして本を預ける。

「じゃ、私たちの仕事をしましょ。これ一人でやってちゃ終わらないから」

なにせひと部屋すべてが本で埋まっているのだ。これを確かめ終えるには相当な時間がかかる。智人は気を取り直したように頷いた。

「……はい。今の朱莉様でしたら頁をめくらずとも、持つだけで違和を覚えるかと思います。そういった書物がありましたら、僕に渡してください」

「了解。勘助は」

「俺は俺の仕事をするぜ」

朱莉が振り返ると、勘助は片膝を立てて座り込んだ姿勢のまま動く気はないようだ。一瞬だけ視線が絡んだ気がした。だが朱莉は構わず腕まくりをすると、本の海に飛び込んだのだった。


用意された時間は一日。しかも雨海が遅れたことによって時間は短くなっているが、やるのは単純作業だ。

本を手に取り「なにか」がないかを感じること。文字を読むことすら必要ない。

手引き書は頭に叩き込んできたとはいえ、本当に自分にわかるのかと少々不安があった朱莉だが、始めて間もなく手に取った一冊に妙な違和を覚えた。

「……あれ」

あえていうのなら誰かの温もりが残っているような、生き物を手に乗せたような感覚に声を上げると、智人がひょいとのぞき込んできた。

「お手柄です朱莉様。こちらには邪気が入り込んでいますね」

「言語りではない？」

「封じられたのではなく、物語に惹かれてやってきた負の思念が囚われて凝ったのでしょう。放っておくと害をなしますので、祓《はら》っていただくのが良いかと」

「なるほど、業務内容のうちね。より分けておきましょ」

手引き書にもそんな事項があったなと思い出した朱莉は、より分けて作業を再開する。

ほぼ本を右から左へ移す作業だ。智人と手分けすれば室内の本の半分以上を確認できたところで、悠々と雨海が姿を現した。

「なんだ、まだ終わっていなかったのか」

智人がかちんと来るのが手に取るようにわかった朱莉は、押さえるために立ち上がる。

どうやら、智人はずいぶんけんかっ早い性格をしていたらしい。

「恐れ入りますが、こちらの書物に邪気が宿っているようですので、対処をお願いします」

「ふん。こんなもの、焼けばすぐに済むというのに」

雨海は数冊ほど積まれた書物に鼻を鳴らすと、腰から下げられた鞄から札を取り出して無造作に貼る。

途端、書物から立ち上っていたおどろおどろしいものが消えていった。

朱莉にもなんとなく、室内に漂っていた重苦しい空気が和らぐのがわかって効力を発揮したことがわかった。この青年は確かに弁士として、必要な能力はあるのだろう。

「当主に聴取したところ、本はすべてここに集めてあるそうだ。念のためにすべての部屋を見て回ったが特に怪しい気配はしなかった。つまりは君がこの仕事を終わらせていなかったために、終わることができないということだ」

雨海の完璧な嫌みを、八割予測していた朱莉はさらりと右から左へ流した。

屋敷中の本をここに集めているのであれば、朱莉達の仕事量がいちばん多いということになるのだが、そのあたりは全く関係ないのだろう。

朱莉はよく知っている。ただ単に女であるから、自分の方が仕事ができているからという理由で、相手を見下しにかかる人間がいることを。

だから朱莉は、これまた予測していたため無造作に智人の腕を捕まえた。

「智人、仕事に戻るわよ。話は後で聞くわ」

「……かしこまりました」

こういう時はお給料のことを考えて仕事をするのが一番だと、朱莉は速やかに仕事に戻ったのだが、雨海はやれやれとばかりにため息をついて居座ったのだ。

「全く、二体も言神を出しておいてこの程度の仕事も終わらせられないとは。本当に弁士としてやっていく気があるのかね」

「恐れ入ります」

無言では駄目だ、適当とわからない程度に相づちを打って、しゃべりたいだけしゃべらせておくのがいい。満足したら去って行くはずだ。

「その男なぞ、よく娘の弁士が顕現したがりそうな見目をしている。どうせ夢見がちな理由で選んだのだろう。特にこの汚らしい武士なぞどこの言語リだ。怠惰に座っているだけではないか。言神は弁士に役立つためにあるのだから役立たずであれば捨」

「充分時と場合を選んで顕現させております」

あっさりと、朱莉の心の声が漏れた。少々後悔したが言ってしまった物は仕方がない。まさか言い返して来るとは思わなかったのだろう。神経質そうな顔を驚きに染める雨海に、朱莉はりんと背筋を伸ばして続けた。

「智人は実務に関して私の作業を肩代わりしてくれています。次いでこの箕島勘助は万が一、暴走する言語リが現れた場合に対処できるように待機しているのです。二人とも私が与えた役割を果たしています」

朱莉には壁に背を預けていた勘助が、軽く目を開くのが見えた。

その証拠に雨海が封じるまで、邪気のたまっていた書物の山を警戒していた。

宣言した通り、勘助は朱莉達の護衛役を引き受けていたのである。万が一にも事故が起きた場合に備えて。

智人まで驚いたように朱莉を見る。

「気づいていらっしゃったのですか」

「なんでかなとは思ってたけどね。勘助、朝からお酒一滴も呑んでないし、さっきも本から立ち上ってたもやが私の方にこないようにしてくれてたもの」

原理まではわからないが、それくらいは見えた。

手引き書にも、対処できない者が検品作業に当たる場合、弁士または能力のある言神を警戒役として置くこと、と書いてあった。勘助は自分の役割をきちんとわきまえていたということなのだろう。朱莉になにも話をしないというのはいただけないが。

「雨海様はもちろんご存じのことでしょうが、私はあくまで補助要員ですので言神に対処することはできません。雨海様がいらっしゃらなかったために、やむを得ずこのような方法をとりました。作業の遅れはお許しください」

なにも言わない勘助の視線を感じながら、朱莉は綺麗に頭を下げて作業に戻る。

もしかしたら一発二発くるかもしれないし、宗形に迷惑をかけるかもしれないがそれはそれだ。思いっきりかけてやるくらいでちょうど良いと思う。

朱莉の視界の端で、顔を赤くして震えていた雨海が気色ばんで立ち上がるのが見えた。

ぼーんぼーん。時計の音が大きく鳴り響いた。

朱莉が振り仰げば、壁に掛けられた時計は三時を指していた。

同時に、西洋音楽とレコード特有の甘やかに澄んだ女性の歌声が響く。

聞き覚えのある旋律に、朱莉が状況を忘れて目をしばたたかせる。

雨海の札で封じられていた書物が、激しく震え出した。

「っ⁉」

見る間に札が黒ずんで朽ち落ち、恐ろしい勢いでどす黒い影が吹き出す。

驚く朱莉を智人が引き寄せる前。

雨海が自身の本鞄に手を伸ばす前。

誰よりも素早く動いたのは勘助だった。

ざんばらの黒髪を翻し、だん、と踏み込んだ勘助は銀線を走らせる。

智人の腕に朱莉が収まった時には、膨れ上がろうとしていた黒い靄《もや》は両断されていた。

いつの間にか勘助の刃が抜き放たれており、何事もなかったように血振りをしている。

朱莉がなにが起きたのか全くわからずにいれば、腕を緩めた智人が教えてくれた。

「勘助が暴れだそうとした魍魎を斬りました。邪気が凝って実体化したようです」

「なる、ほど」

「なぜ急に魍魎が現れた……？　あれは姿を取れるほど力はなかったはず」

雨海が呆然と呟く中、部屋の外から悲鳴となにかが暴れる音が響く。

弾かれたように顔を上げた雨海は、舌打ちすると朱莉へと怒鳴った。

「ともかく状況把握だ、来いっ」

「は、はい。勘助、智人っ」

雨海の後に続いて騒ぎの中心部へと駆けつければ、屋敷の奥に位置する廊下に屋敷の主人である男性がへたり込んでいた。

その前では複数の男性使用人が重厚な鉄扉を押さえつけて、鍵をかけようとしている。

さらに付け加えるならば、扉の向こうからなにかが激しく暴れ回る音が響いていた。

「一体なにがあった！」

雨海が厳しい声音で問い詰めれば、主人は悔しげな顔をしつつ答えた。

「……言語リから、鵺が現れました」

どんっと、壁を壊さんばかりに暴れる音が響いた。


屋敷の主人は、洗いざらい話した。

雨海の横柄な態度が気に食わず、家宝である言語リを倉に隠していたこと。

だが急に大きな音が響いて見に行ったところ、鵺が倉の中に現れており、慌てて倉の扉を閉めたのだという。

使用人を含む家人には、念のために智人を付き添いに外へと避難してもらっている。

倉近くの廊下に居るのは朱莉と雨海。そして勘助だけだった。

「鵺は魔除けとしてよく写しが作られる言語リだ。旧家にはよく祀られることもあるが、元は荒魂だ、回収が推奨されている。長い年月で弱くなった言語リに、さらに邪気がとりつき暴走したのかもしれん。ともあれもうこの言語リに封じることはできん」

雨海が無造作に放り投げた言語リは、綴りひもがばらばらになり、中に綴られていたはずの文章も判読できないほどにじみかすれていた。

水に濡れたからではなく、封じる力が完全になくなったからだ、というのは朱莉でもわかった。

「全く、はじめから素直に出しておけば良いものを、余計な手間をかけさせおって」

「これからどうなさいますか」

舌打ちをせんばかりの雨海を現実に引き戻すため、朱莉は訊ねた。

今も鵺は確実に倉の中に居るのだ。いつまでもおとなしくしているとは思えない。

「ここで鵺を倒す。新たな言語リを用意している暇はないからな。出る前に叩く」

忌々しげながらもそこだけは真摯に言い切った雨海に、朱莉は少し見直した気分になる。

その表情には迷いがなく、弁士としての責務をまっとうしようという気概が感じられた。

横柄ではあるが、弁士としての自負があるのだろう。

ならば朱莉は邪魔にならないように下がっていようと思ったのだが、少し思案した雨海から声をかけられた。

「君の本鞄はどこかね」

「え？　ああ、書庫に置いてきていますが」

「そうか」

言うなり、雨海はきびすを返して歩き出したのだ。

驚いて雨海の背を追いかけた朱莉は、故に勘助が少し眉を顰《ひそ》めたのに気がつかなかった。

「雨海様、どうなさったんですか？」

「君が言っていただろう。そこの言神は箕島勘助だと。君だって勘助の鵺退治の逸話を知らないわけではあるまい。この状況で鬼神殺しほど有効な言語リはない」

「っ!?　それって、勘助を語るということですかっ」

ようやく雨海の意図に気がついた朱莉は気色ばんだが、雨海は意に介さなかった。

「見たところ、君はまだそれと契約をしていないのだろう。ならば俺が語って使った方が有効に使える。俺の手持ちの言語リでは相性が悪いからな」

「いえ、そうですけどっあれは」

「ただ顕現させただけであの剣圧だ。さぞかし名のある綴り師に写されたものだろう。君などにはもったいない」

洋装で大股に歩いて行く雨海に、着物姿の朱莉は引き離されていく。

そもそも朱莉の運動神経は底辺だ。あっという間に姿が見えなくなってしまって焦っていれば、屋敷の人々を避難させた智人が廊下の角から現れてきょとんとしていた。

「どうなさいました、朱莉様」

「智人っ雨海様が勘助の言語りを語るって言ってるの！」

目を見開く智人がすぐさま険しく目をすがめた。

「失礼します、朱莉様」

途端、朱莉は智人に抱きかかえられた。しかし智人は朱莉が走るよりずっと速い。

いつの間にか勘助の姿がない。先ほどまで朱莉の少し後ろを付いてきていたはずなのに。

「おそらくあの男が言語りを手に取ったのでしょう。多少は耐えられても触れる人間が変われば、言語りに戻らざるを得ませんから」

朱莉の疑問に智人の険しい声が答えた。胸騒ぎは治まらない。

二人で飛び込んだ書庫では、雨海が勘助の言語りを手に取っている所だった。

息を荒らげている朱莉に眉をひそめた雨海だったが、構わずたたずむ勘助に視線を移す。

「見習いなどではなく現役の弁士に読まれるのだ。光栄に思えよ」

「やめておいた方が良いとは思うが、ま、精々うまく扱ってくれ」

表情になんの色も浮かべず肩をすくめるだけの勘助に向け、雨海は青鈍の表紙をめくり、該当の頁で止めると声を張り上げる。

「〝これなるは世紀の咎人《とがびと》にして神をも斬り殺すと唄われし大剣豪！　あまたの神魔魍魎を討ち果たせし刃《やいば》を今一度振るうべし。

定義されしは鬼神殺し、名を箕島勘助！〟」

雨海が開いた頁からどっと青鈍の帯があふれ出し、勘助を飲み込んだ。

その奔流は、朱莉が名を呼んだ時よりも勢いがある。

だが朱莉にはなぜかその青鈍が濁って見えた。

全身が飲み込まれ、ひょうひょうとした顔すら見えなくなり、再び明るみになった時には着物が少し変わっていた。

遊び人のような着流しから、より武士然とした馬乗り袴姿になり、腰の刀は二本差しに増えていた。ざんばらの髪はそのままだったが、ゆらりゆらりと風もないのにゆらいでいる。そしてひょうひょうとした雰囲気は跡形もなく消え、一種の圧すら覚える鋭いものに変わっていた。

「雰囲気が」

ちがいすぎる。朱莉が衝撃のあまり言葉を続けられないでいれば、智人が答えた。

「語られた言神は、弁士の解釈を強く反映した姿を取ります。今の勘助はいわばあの男の望む姿で顕現しているのです」

朱莉はもちろん語ったわけではない。勘助の名前を呼んだだけ。

しかしここまで変わるのかと、呆然と武士然とした勘助を見つめてはっとする。

「やはりまともに語られれば見られる姿になるではないか。ではゆく……」

満足げに頷いた雨海だったが、勘助がゆらりと刀の柄に手をかけたのに気がついた。

「〝汝、主君ニ能《あた》ワズ〟」

何重にも重なったような声が響いた瞬間、勘助の刃は振るわれた。

雨海がよけられたのはただの偶然だ。足元に積まれていた本につまずいただけ。

しかしそれで必死の間合いは崩れ、勘助の振るった刃が勢い余り本棚に食い込んだ。

勘助は全くためらいもなく、雨海を殺そうとしていた。

朱莉はその勘助の表情の異様さに気がついた。そこに居るのは朱莉の知る勘助ではない。

ただの修羅だ。

雨海が持っていた青鈍の言語リが、朱莉の近くに投げ出される。

本は開いたまま、修羅は止まる気配はない。

「智人！　止めてっ」

「かしこまりました」

智人は当然のごとく答えると、修羅に組み付いた。

抜けない刃を早々にあきらめ脇差しを抜き放とうとしていた勘助は、突如妨害してきた智人にひとまずの矛先を変える。

その間に、朱莉は勘助の言語リに飛びついた。積まれた本が雪崩《なだれ》を打ったが、わずかに指が届く。なんとか言語リを拾い上げた朱莉は、本を閉じ再び開いた。

予習した事柄が脳裏を過ぎ去る。

これで良いのかはわからない。だがこれしか知らないのだ。

「〝定義されしは鬼神殺し、名を箕島勘助！〟」

ありったけの声を絞り出した途端、智人に脇差の切っ先を振り下ろそうとしていた勘助から、青鈍の靄が解けた。

脇差がほろほろと崩れ去るのと同じく、勘助の輪郭があいまいになる。

そして、朱莉のよく知る飄々《ひょうひょう》とした着流しに戻った勘助は、深く息をつくと顔を上げる。

朱莉は、その表情がどこか傷みとあきらめを映しているように思えた。


雨海は転んだ拍子に頭を打ったようで意識を失っていた。

「おそらく主君殺しの毒気に充《あ》てられたのもあるでしょう。直に目覚めると思いますが」

智人と協力して雨海を楽な姿勢で寝かせた朱莉は、智人の見立てに安堵の息をつく。

雨海が意識を失っていたから、朱莉が勘助を顕現しなおすことができたのだろうが、これからを考えると素直に喜ぶことはできなかった。

鵺が倉の中に閉じ込められたままにもかかわらず、雨海は気絶している。雨海が居なければ鵺退治などできるはずがない。このまま逃がしてしまえばこの屋敷はおろか、周辺にも危害が及ぶだろう。そもそも朱莉の身もあぶない。

「雨海様、勘助について知ってる風だったのに、どうして語ったのよ……」

「おそらく主君殺しの逸話を抜いた写しだと考えたのでしょう。たいてい流通しているものは写しですから。能力は数段劣りますが、そうすることで安全に顕現させることができるのです」

智人の答えに朱莉ははっとした気分で彼と、壁に寄りかかって沈黙する勘助を見た。

朱莉はあの一週間の間に了解を得て、箕島勘助の言語リを読み通している。

史実に描かれた通りの逸話が載っていたため、そういうものだと思っていたが、写しであれば必要のない逸話を抜くという対処もされるのか。

「ねえ、待って。それならこの言語リは」

「嬢ちゃんの想像通り、俺は原典だよ。箕島勘助という畜生の魂が直接封じられたな」

自分のことにもかかわらず吐き捨てるように言う勘助に、朱莉は驚愕すると同時に少し納得したような心地にもなった。

ちら、と一瞬だけこちらを向いた勘助はそのまま続けた。

「まあ時のお上や弁士どもは、ありとあらゆるもんを斬って斬って斬りまくった俺の逸話を惜しんだらしくてな。罰もかねて魂ごと怨念を封じ込めたのさ。いわば一生言神として使役され続ける。だが誤算があったんだよ」

「主君殺しの逸話、ね」

歌舞伎や浄瑠璃では、鬼神殺しと同じくらい有名な逸話だ。

箕島勘助という武士は、とある藩主の家臣だった。

幼少の頃から才気煥発で特に剣技に優れており、名君と誉れ高い藩主に目をかけられよく仕えていた。

しかし、老齢であった藩主は病に倒れ、いまわの際《きわ》に箕島勘助を呼び出した。

『我が息子が良き藩主であれるよう。なにがあろうと味方であってくれ』

勘助は頷き、藩主は事切れた。しかしこのことが後の不幸を呼んだ。

次代の藩主は勤勉であったが、慎重で疑い深い男だった。

それでも太平の世には十分な能力を有しよく領地を治めていたが、藩主は前藩主に仕えていた勘助をことあるごとに疑い、試すように無理難題を押しつけた。

曰く、公家の家に現れた鵺を退治すべし。

曰く、芦山を根城とする鳴神鬼《なるかみおに》を討ち果たすべし。

曰く、反逆の意思あり、と見えし一党を両断すべし。

前藩主との誓いのため、裏切らぬ真心を見せるために、勘助は藩主の命をやり抜いた。

しかし、勘助の名声が高まるのと比例するように、藩主の疑いは晴れるどころかいっそう深まるばかりであった。

そして虐げられ続けた勘助は、やがて前藩主との誓いも忘れ恨みを募らせていく。

歌舞伎や浄瑠璃では、数々の神魔を切り続けたが故に体中に怨念が染みつき、人の道から外れていたからと描写される。

清廉潔白と称された勘助は変わっていった。

遊郭へ入り浸り、酒を浴びるように呑み、気まぐれに市井の民を斬ることさえした。

勘助は、なにかを斬ることに喜びを見いだすようになっていたのだ。

そして、事件は起きた。

再び藩主が、多くの娘を攫《さら》い手込めにする鬼の討伐を命じた。

『お任せあれ、直ちに切って見せましょう』

勘助は鬼の一党を切り捨てた後、血みどろのままで城に戻るなり藩主を両断したのだ。

のちに、「鬼駆け」と称される逸話である。

羅刹となりはてた勘助の凶行はそれだけでは終わらず、駆けつけた弁士と言神すら斬り捨てた。実に城内の半数以上の人間を斬り殺した勘助は、かつて斬り殺した神魔の数と同じだけの弁士と言神を相手取り、壮絶な最期を迎えたという。

主君を殺し、名もなき民を殺し、その刃で世を乱した天下の大罪人。

主君殺しの名もまた、箕島勘助について回る悪名だった。

「さっきの豹変ぶりは、その逸話のせいなの」

朱莉が訊ねれば、勘助は粗野に表情をゆがめた。

「そう。俺には主君を裏切る逸話が染みついてる。だから正式に語られると同時に必ず主……つまりは俺を語った弁士を殺すために行動しちまうんだ。ま、俺も仕えるなんざ二度とごめんだからな。使おうとした弁士をみんな斬り殺してる内に、ずいぶん昔に封じられていたんだが。なんの因果かあの文庫社に収蔵されたうえ、嬢ちゃんに読まれたって所さ」

さらりと言った勘助は、しかし次の瞬間まなざし鋭く朱莉を見やる。

「わかったら俺を語るなよ。さっきは止まったが、これは俺の意思に関係なく起きる。嬢ちゃんだろうが容赦しねえ」

「勘助……」

朱莉がどう言うか迷っている内に、勘助は壁から身を離すと智人へと向く。

「おい智人、外の奴らと連絡取れるだろ。俺が適当に相手してる間に増援呼んでこい」

「え？」

朱莉が耳を疑っていれば、勘助は打って変わっておかしそうに笑った。

「嬢ちゃんの護衛が俺の仕事だろ。たらふく呑んだ酒の分くらいは働くぜ。名を呼ばれた分だけ、刀は振るえっからな」

「そうじゃなくて、あなた一人で鵺を相手取る気なの？」

朱莉がごまかされないとばかりに踏み込めば、勘助は刀の柄に手を置きながら言う。

「俺の逸話にゃ鵺殺しも入ってんだ。全力は出せずとも、時間を稼ぐくらいはわけないさ。

智人はしばらく手が使い物にならねえはずだしな」

なぜ智人がといぶかしく思った朱莉だったが、智人が手を隠したのを見とがめた。

「智人、手を出して」

「……たいした、ものではないのですよ」

あきらめたように差し出された手には、生々しく焼けたような痕《あと》が刻まれていた。

なぜ火傷なのかはわからないが、先ほどの乱闘の中で付いた傷なのは明白だろう。

「しばらくすれば元に戻りますのでご心配なく。ただ勘助の言う通り、朱莉様の盾になることしかできません」

「と言うわけだ。嬢ちゃんは言語リを持って外で待っていてくれ。俺が活動できる範囲ぎりぎりがそれくらいだ。さすがの俺も、言語リから離れすぎると戻っちまうからな」

あっさりと言った勘助だったが、朱莉はまだ納得できなかった。

「いやでも怪我とか、死んじゃったりしたらどうなるの」

智人の傷で、言神も怪我をするのだと知ったばかりなのだ。力を十全に使えない言神はどうなるのか。

智人はためらいを表すかのように、眉尻を下げた。

「言神は言語リが無事でしたら、顕現した姿がいくら死に至ろうとも無事ですから。ただ著しく体を損なった場合は、言語リに損傷が反映されることもございますが……」

「嬢ちゃんは死んだらそれまでで、俺が一番適役なんだ。あんまりだだこねるな」

抗議の声を上げようとした途端、勘助にたたみかけられ、朱莉はぐっと黙り込んだ。

だが勘助の顔にはいらだちも呆れもなく、むしろ朱莉をいたわるように穏やかだった。

「俺は主君を殺した男だからな。化け物を狩って朽ちていくのがお似合いなのさ」

うそぶいて書庫から出て行こうとする勘助に、朱莉はふつりと心の奥のなにかが切れた。

「私は知ってるもん」

子供のような、すねたような物言いになったが構わなかった。

智人と勘助が朱莉を向く。

朱莉はこみ上げてくる熱にも似た怒りといらだちと悔しさのまま、ざんばら髪の男を睨みつけた。智人が戸惑いに瞬くのが視界の端に映る。

朱莉はただまっすぐ、勘助へ向けて言葉がこぼれるままに続けた。

「あれは救いようのないお家騒動だったけど、藩主が心の弱い人で、取り入ろうとした家臣達の甘言に乗せられて箕島勘助を死地に追いやっていたのも。勘助が主君殺しをしたのは、藩主が民を虐げはじめた上に、自分の妹を攫われたからだって言うのも。それでも藩主の名誉だけは守ろうと、自分を悪者にして全部泥をかぶった結果だっていうのも全部、歴史として残っているもの！」

声を荒らげて言い切る朱莉に、勘助の鋭い目が見開かれぽかんとする。朱莉は初めて勘助の繕われていない表情を見た気がした。

あっけにとられた様子の智人も納得したように呟いた。

「朱莉様が最近借りてらっしゃったのは、歴史書ですか」

「……物語は苦手だけど、文章を読むのは好きなのよ。私」

指摘された朱莉は少し決まり悪く思いながら、言い訳のように言った。

そう、活字がすべて苦手なわけではないのだ。知識を伝えるための文章はむしろ好んで読んでいたとも言っていい。女学校時代は図書室に入り浸って歴史や植物図鑑、科学など空想の入る余地のない書物を読みふけっていたものだ。

この一週間自室で隠れながら読んでいたのは、以前女学校で読んでいた箕島勘助の史実をもう一度確認するためだったのだ。

だからこそ史実の中での箕島勘助という男を読み知っていて、顕現の時にほんの少しだけ、有名人に出会うように胸を高鳴らせていたのは一生言うつもりはない。

「だからなんだ。俺が無関係の人間を斬り殺したことには変わりないぜ」

「ええ、あなたは悪人よ。刃は血にまみれているし、あの時代だったとしてもどの殺人も肯定できない」

言い切られるとは思っていなかったのか勘助が口をつぐむ。

そう、朱莉は箕島勘助という男が犯した罪まで肯定する気はない。正直あんな凡君をなんで早々に見限らなかったのかもわからないし、そんな主君の名誉を守るためだけに赤の他人を斬り殺したのだって朱莉には全く肯定できない。

だがしかし、なのだ。

朱莉は知っている。あの時代、武士という区分の人間がどれだけ主君を大事にしていたのかを。箕島勘助という男がどれだけ前の藩主を慕っていたかを。

「けれど私はあなたは道を間違った主君にも尽くし、最後にはその刃を以て誅《ちゅう》した義の人だと思った。妹を攫われてすぐさま行動を起こすほどに、家族を大事に思っていた情の人だと思った。その生き様を私は否定しない。だから」

朱莉はぐらぐらと煮え立つような衝動のまま、眼前の武士に言葉をぶつけた。

「だから、私の箕島勘助はすごい侍なのよ！」

言ってしまってから朱莉は、ものすごく恥ずかしい事を口にした気がして顔を赤らめる。明かすつもりもなかったのに、全く歯止めが利かなかった。

失敗したと朱莉がうつむき、羞恥に火照る頬に耐えていると。

眼前の勘助は、あんぐりと口を開いていたかと思うと次の瞬間吹き出した。

体を二つに折って笑い転げる勘助に、朱莉はものすごく不本意な気分でぶすくれる。

仕方ない、多少は甘んじて受けよう。だが目尻に涙までにじませるほど笑わなくても良いではないか。

「あ、朱莉様!? そんなうらや……ことを思ってらっしゃったんですか」

「全力で自己嫌悪中だからなにも言わないで」

朱莉は智人の驚きの声に穴があったら入りたい心地になったが、ようやく笑いを収めた勘助が言った。

「で、お前はそんなすごい侍になにをさせたいんだ」

嬢ちゃん、と呼ばれなかったことに驚いた朱莉は、勘助の炯々《けいけい》とした眼光に射貫《いぬ》かれた。

「言語りをどんな風に語ったとしても俺は刃を向けるぞ。できることはなにもねえ」

「私のこと、主君だって認めてるの?」

「さっきの有様見ただろうが。俺があれを主と思っているように見えたか? 俺にこびり付く『そうに違いない』という概念ってやつがそうさせちまうんだ」

あきらめろ、と言外に言う勘助だったが、その表情はどこか憑き物が落ちたかのようにすっきりとしていた。

朱莉は考える。通常だったら確かに無理だろう。けれども。

「だけど、本来の力を発揮できれば、鵺なんて簡単にぶった切れるんでしょう」

「たりめえだ」

打てば響くような勘助の肯定に、朱莉は唇の端をつり上げた。

そうでなくては箕島勘助ではない。

「と言うわけで智人、ちょっと聞きたいことがあるんだけど……ってなにいじけてるの」

「べ、別にものすごくうらやましくて良いなーとか思っていますけど！　なんでしょうか」

智人が不貞腐れて居るのに、朱莉は少々呆れたまなざしを向けたがともかく言う。

「言語りって、写しみたいに特定の逸話を省いて収録されても、能力を発揮させることができるのよね」

「ええ、その通りですが」

「なら語り方次第で能力を顕現させる場所や、形を選ぶことはできるかしら」

朱莉の問いに、智人と勘助はあっけにとられた顔をした。

「それ、は、語りの時に指定すれば理論上は可能、ですが」

「……おいおいどこに顕現させるんだよ。智人は無理だぞ」

「わかってる。でも主君殺しでも、まさか本人を殺すことはないでしょ」

嫌な予感がすると言わんばかりの勘助に、朱莉は全身を緊張させながらも平然として見せる。言い出しっぺであるからには責任は取るし、これが確実だと思ったのだ。

今でも忠義の者か罪人か、意見が割れる箕島勘助という武士のあり方を肯定し、証明したかったのだ。

朱莉の意図がわかった智人は絶句し、勘助は心底呆れた顔になった。

「馬鹿だろう嬢ちゃん」

「でも、稀代の侍ならできるでしょ」

正直どうなるかはわからないし、うまくいくかもわからない。

なぜこんな衝動に駆られているのかもわからない。けれど朱莉も引く気はなかった。

ただ、勘助があの修羅に呑まれている姿が嫌で嫌でたまらなかったのだ。

過保護な智人が心底心配そうな表情を浮かべる中、部屋全体が振動した。

嫌な破壊音も響いているそれに、すでに一刻の猶予もないのだと知る。

勘助も朱莉と同じことを思ったようで、仕方がないとでもいうように深く息をついた。

「わかったよ、やるんならとっととやろうぜ。俺をうまく使ってくれ」

「使わないわ、私はただ事実を言うだけ。倭国《やまとのくに》一の武士の姿を証明するだけなんだから」

朱莉がきまじめに訂正すれば、勘助はくつりとのどで笑った。

「あんたは、ほんとに似てるな」

そう言った勘助の呆れた表情の中に、どこか懐かしむ色を見て朱莉は戸惑う。だが開き直った雰囲気からして、朱莉の策に乗ってくれるようだ。

それでも智人が、心配そうに朱莉に言った。

「朱莉様、言語りを語っていただいても良いのですか」

そう聞かれると、朱莉は弱い。心が怯むのがわかる。だが、

「これは史実だもの。ただ多くの人がそう思っているからって真実をゆがめられるのが我

慢ならないだけ。語り方、教えてちょうだい」

「わかり、ました」

智人が不安げに見守る中、朱莉は青鈍色の言語リを持ち直した。

ぐつりと胸の奥で嫌なものがこみ上げるが、無理矢理押し込めた。

これの原因はわからない。けれど今負けるわけにはいかない。だって、自分が魅せられた歴史上の人物は、たかがあの程度なわけがないのだから。

「では朱莉様、望む力の頁を開いてください。できるならば最もこの場で発揮してほしい力を綴った頁を。語りが力を発揮しやすくなります」

智人の言葉のままに朱莉は青鈍の表紙をめくり、無類の剣豪として名をはせた、鵺退治の項目を開いた。古いはずなのに、黒々とした墨の草書体が紙面を躍っている。

「次にあなたが思い、望む姿を語ってください。声は腹から。霊力を練り上げ……とも申しますが、言神を思うだけで充分です。ただ言神にまっすぐ言の葉を紡いでください。祝《のり》詞《と》となります」

祝詞。その言葉を朱莉は努めて聞き流した。今意識したら何も言葉が出なくなりそうだ。望む姿なんてわからない。だから朱莉が知っている姿でいいのだ。そう決めた。

これは物語ではない。自分の感じた姿を言神に伝えるものなのだから。

震える心をそうなだめ。眼前の武士を見据えた朱莉は、息を吸い、声を張り上げた。

「〝これなるは鬼畜外道の人斬りにして、主君への忠義の限りを尽くし花のように散った義の益荒男《ますらお》なり！　神魔魍魎すら討ち果たせし刃と技、我が身に宿りて振るうべし！

定義されしは鬼神殺し、名を箕島勘助！〟」

鮮やか、そう称すべき青鈍が頁から立ち上った。

力強くまっすぐ伸びたそれは勘助を取り巻きその形をほどくと、細く優美な形をとる。

青鈍が晴れると、一振りの刀が虚空に浮かんでいた。

黒漆塗りの鞘に清廉な白い柄巻《つかまき》が映える打刀は、勘助の愛刀である「鳴神切《なるかみぎり》」だった。

それを朱莉が手に取れば、自分の中になにかが入ってくるのを感じた。

『やればできるもんだなあ』

瞬間、勘助の意思が頭に響き、手にある重いはずの打刀がしっくりと体になじんだ。

そして朱莉の体が自分の意思と関係なく勝手に動く。

頭の中に勘助が、驚いたような愉快げな様子で体を動かすのを感じた。

どうやらうまくいったようだ。朱莉が息を吐こうとした途端、少し抵抗があった。自分で動かそうとすると動きを邪魔するらしい。

ならばと朱莉は全身の力を抜いて、刀から伝わる指示に身をゆだねながら言った。

「私、運動神経も悪いし体力も皆無だから任せるわ。ただ大事にしてちょうだい」

『思い切りが良いな』

「その道の玄人に任せるのが一番でしょう」

『ちげえねえ』

朱莉は自分の口が勝手に動くのに不思議な気分になったが、気にしないことにした。

「ああ朱莉様の声で勘助の言葉が聞こえるなんて、なんだかめまいがします……」

ふら、と体をよろめかせる智人に、朱莉の中に入った勘助は青鈍の言語りと、刀を抜きはなった後の鞘を押しつけた。

『嬢ちゃんの着物じゃ挟めねえからな。持って付いてこい』

そうして、朱莉の体は抜き身の刃を携えて走り出す。


朱莉は運動がものすごく苦手だ。

普通に歩いているだけでもなにかに蹴つまづくのは日常茶飯事で、だから草履ではなく歩きやすい洋靴をわざわざ履いているほど。

それはすべて自分の体が致命的に運動に向いていないのだと思っていたが、認識を改めなければいけないと、朱莉は疾風のように過ぎ去って行く風景に呆然とした。

両手には重いはずの刀をひっさげて、である。

自分の体にそんな力があったのかと驚いていたが、勘助はそうは感じなかったらしい。

『っち、女もんは走りづれえし、予想以上に体が重いな』

刀を片手に持ち替えた勘助は、ばっと着物の裾を割った。

無造作な動作に朱莉はとっさに反応できなかったが、代わりのように智人が抗議した。

「ちょっ勘助！　朱莉様の体ではしたないことをしないでください！」

『うるせぇ、今はそれどころじゃねぇんだ。来るぞ』

たどり着いた倉の戸から顔を出そうとしていたのは、巨大な獣だった。

体躯はいびつにもかかわらず、虎の強靭な四肢を持ち合わせ、顔は醜悪な猿のよう。蛇のような尾を攻撃的に揺らめかせていた。

あれほど頑丈そうに見えた鉄扉をひしゃげさせていた鵺は、憤怒にゆがんだ顔でこちらを認識した。こんな化け物に勘助は勝てるのだろうか。

『怯むな。たかが一匹だ。俺に任せてりゃいい』

勘助の言葉通り、朱莉はすべての懸念を振り払った。

動きを邪魔することだけはしてはいけない。と体の主導権を刀に明け渡す。

『とはいうものの、嬢ちゃんの体も持ちそうにねぇからなぁ。さくっといこうや』

不穏な言葉に朱莉は一抹の不安を覚えたが、その前に勘助は加速した。

朱莉の髪を翻し、両手で刀を構え、まっすぐに鵺へと向かって行く。

今まさに鵺が廊下へ躍り出ようとした瞬間、勘助はわずかに体をずらし、すれ違いざま刃をなぐ。

それは猿のような顔面へと走り、鵺はもんどり打って廊下を転がった。

鵺はすさまじい悲鳴を上げながらも、怨敵となった娘の姿をした武士を探す。

だがしかしその憤怒の瞳にとらえられる前に、勘助はだん、と踏み込んでいた。

朱莉という娘の体にもかかわらず、全身から闘気があふれだす。

まさに、あまたの神魔を制してきた武士《もののふ》にふさわしい姿であった。

両手で構えられた刃が、吸い込まれるように鵺の首筋へと振り下ろされた。

ざん、と刃が断ち切る感触は、朱莉にとって不可思議なものだった。

暴れようとしていた虎のような四肢から力が抜け、床に倒れ伏す。

しかし、勘助はさらに身を翻した。

そして、今まさにかみつかんと鎌首をもたげていた尾の蛇を切り飛ばす。

同じものを感じているはずの朱莉は、全く気づいていなかった。

勘助は智人から鞘を受け取ると、無造作に血ぶりをくれて刀を納める。

ごろごろと転がる首は、完全に事切れていた。

納刀された途端、どっと体から力が抜け、朱莉は息を荒らげながら体をよろめかせる。

手を離した刀から青鈍の筋が立ち上り、勘助が人型になったが気にする余裕もなかった。

体が異様に重くて、全力疾走をした後のように呼吸がままならない。

あれだけのことをしたのだから当然だろうが、他にも理由があるような疲労感だった。

へたり込みそうになる朱莉に勘助が動く。だが先に朱莉を支えたのは智人だった。

「お疲れ様です、仮にも神をその身に降ろしたのです。精神と肉体に多大な負荷がかかったのでしょう」

「なる、ほど。勘助は」

「ここにいるぜ」

朱莉が首を巡らせれば、飄々とした勘助がいた。いつも通りにも見えたが猛々しさをゆるりと押し込めているような気がして、戦の余韻を感じさせた。

「なんと言うことだ……」

廊下の向こうからふらふらと現れた雨海に、朱莉はまだまだ困難が終わっていないことをひしひしと感じた。

しかし同時に鵺というものは本当に人が倒せるものなのだ、と不思議な満足を覚えていたのだった。

＊

くだんの騒動の数日後、朱莉は宗形にカツレツの店に連れてきてもらっていた。

こんがりときつね色に揚がったカツレツは、衣と豚肉の脂の甘みが絶妙だ。

「悪かった」

だがしかし男である上、軍人である宗形に頭を下げられて、朱莉は目を丸くしてフォークの手を止めた。はっきり言うなら耳を疑った。

なにせこの時代、男尊女卑が当たり前でいくら男性が悪かろうと女性に謝るなんて非常識なこととすらされるのだ。さらに大尉である宗形は、駅長や校長などよりも上の身分である。そんな男が、公衆の面前で頭を下げてきたのだから驚きもする。

しかし朱莉の隣に座っていた智人は憤然と鼻を鳴らした。

「当然でございます。朱莉様が身を挺してことを納めたから良かったものの、あの後も大変だったんですからね！」

「そうね、あなたの行き過ぎた介抱をやめさせるのがね」

「えっ!?」

愕然とする智人に朱莉はすまし顔で水を一口飲んだ。

とはいえ大変だったのも確かだ。鵺を退治したあと、朱莉は立ち上がることができずに終始智人に抱えられていたし、その翌日も延々と全身筋肉痛に悩まされた。やむなく仕事を休まなければならなかったほどだ。

さらに智人が嬉々として世話を焼こうとしてきたために、心労はかさむばかりという体たらくだったのだ。最終的には真宵によって面会謝絶にしてもらったが。

朱莉はフォークを置くと、顔を上げていた宗形に向き直った。

彼に対してわだかまりがないわけではないのだが、カツレツも二枚目に突入していて心が安らかになっていたので水に流すことにした。

「もう良いです。ちゃんとお給料ふやしていただけましたし、カツレツおいしいので」

帰ったら、真宵が海軍で供されている肉じゃがというものを作ってくれているはずだ。奮発して牛肉を購入したからである。

宗形に言いたいことはもうすべて言ってあるし、引きずっても仕方ない。これだけ誠実な対応をされれば、怒る気も失せるというものだった。

それをわかって頭を下げたのなら宗形は表の態度よりもずっと油断ならない男といえるだろうが、それでも商事に勤めている時より気分は悪くないのだ。

「ならもう言わんが……それにしても御作嬢、あの雨海になにをしたんだ」

あっさりと宗形はいつもの怠惰な態度に戻っていたが、その表情はなんともいえない困惑に彩られていた。

「なんの話ですか」

「雨海少尉は弁士の名家の出身で、一応は優秀なのだが弁士らしい仕事以外は嫌っていた。今回君を付けたのも部下がいれば多少はやる気を見せるかと思ってだったが、そうでもなかったようだな」

やはり問題児を押しつけられていたかと朱莉はむっとしたが、宗形の珍獣でも見るかのような視線のほうが気になった。

「そういえば、雨海様はどうなさいましたか。私の苦情でもおっしゃっていましたか」

あのあと雨海は黙々と鵺の後始末をして、朱莉達には追い払うように帰宅を命じたのだ。故に朱莉は彼がどうしたのか全く知らないのだが、宗形はなんとも言えない表情になった。面白がるのと困惑するのと両方混じったような複雑なものだ。

「雨海少尉は自分の不手際の責任を取って謹慎中だ。たとえ軍人として強制接収が認められていても、了解を取らずに他人の言語リを語ることは懲罰もの。その上鵺を取り逃がしかけたんだ。本来ならば降格処分だが、反省の色ありとされた。すべての責任は自分にあると自ら処罰を望んだからな」

「えっ」

朱莉は本気で驚いた。朱莉が見た雨海は恐ろしく矜持の高い男だった。独断専行として朱莉に責任を押し付けることだってできたのに、それをしなかったのが意外だったのだ。

しかし宗形はさらに興味深そうに言ったのだ。

「しかもだぞ、君のことを良き弁士になると推薦していたほどだ。『言神をあのような形で語ることなど、俺には思いつかなかった』ってな。雨海のあれほどべた褒めの報告書を見たのは初めてで少々気味が悪かったぞ」

「なんですって」

思わぬことに朱莉が目を丸くするのも意に介さず、宗形は面白がるように続けた。

「ただ、俺も君の能力は予想外だった。箕島勘助の草書体を読めるとは思っていなかったからな。正直驚いた」

「それはその、知り合いが変人で、いろんな書体で手紙を送ってくるんです。それを解読しているうちに覚えてしまいました」

朱莉の後見人ともいうべき人物は、縁あって朱莉がひとりぼっちになった後もなにかと気にかけて手紙を寄越してくれていた。しかし、なぜかその手紙は様々な手で書かれた草書体だったのだ。活字と呼ばれる印刷文字が主流となった今では、なんの役に立つのかという特技だが、おかげでたいていの崩し文字は読める気がする。

朱莉が自嘲気味に説明すれば、宗形は酸っぱいものでも飲み込んだような顔をしていた。予想外の反応に朱莉は目を疑ったのだが、瞬きのあいだにいつものやる気のない様子に戻っていた。

「君、いっそのこと本気で弁士やってみるか」

さらりと持ち出された言葉に朱莉は面食らった。朱莉はただ文庫社を間借りして住まわせてもらっているだけだ。そのような的外れな評価をされても困る。

「……冗談きついですよ」

「その知識は、弁士としては即戦力で役に立つんだがな。度胸もあれば淡々と対処できる頭もある。まあ、それなりの勉強は必要だろうが、君なら問題ないだろう。文庫社には本来、弁士の名前が付くものだからな。御作文庫、なんて悪くないと思うが」

ひょうひょうと気楽に言う宗形の目は本気で、朱莉はどう返していいかわからず沈黙する。なぜ好き好んで避け続けてきた物語にかかわらないといけないのだ。

なのに、嫌われただろうと思っていた雨海の評価や、宗形の評価に戸惑う自分がいた。

とはいえ、返す答えはきまっている。

「朱莉様は弁士にはなりませんよ」

だが朱莉が口を開く前に、智人の柔らかくけれど断固とした声が響いた。

思わず隣を見れば智人の微笑むような表情はいつもの通りで、朱莉が見ていることに気づくと不思議そうに小首をかしげる。

「どうかしましたか？　なにか違いましたか」

「いやその通り、だけど」

日頃、常に文庫社に引き留めようとする智人が、朱莉の意思を尊重するとは思わなかったのだ。とはいえ、詳しく話して藪を突《つつ》くようなまねをする気はないが。

ゆるゆると微笑む智人と朱莉の間に微妙な雰囲気が漂うのをじっと見ていた宗形だったが、場の空気を変えるように言った。

「まあ、言神はいくら人によって作られたといっても神には違いがない。今回はうまくいったがなんの修練もなしにやれば命に関わる。気をつけろよ」

「それ以前に二度とやりません」

釘を刺された朱莉は、肩をすくめて見せる。あんな筋肉痛こりごりだ。

そもそも勘助にも二度とごめんだと言われている。朱莉の体は鉛を背負っているようだったと言われて喜べるわけがない。

「それがいい。普通の人間は、書物は読んで楽しむだけで充分だ」

あっさりと引き下がった宗形はしかし、すぐに表情を引き締めた。

たったそれだけで、軍人としての厳しさが漂った。

「ところで言語リから鵺が顕現した時、なにか気になることはなかったか」

「なにかと言われても、私はそばにいたわけじゃありませんし。封じられた言語リがぼろぼろになっていたくらいしか覚えてませんよ」

「確かに、言語リは修復不可能に破損していた。が、言語リが壊れたのは、鵺が出現した衝撃でだ」

宗形が言わんとしていることがわかったらしい智人が、眉をひそめた。

「つまり、鵺が現れたのは経年劣化以外の、別の原因があると考えているんですか」

「ああ。聞けばほかの本に憑いていた邪気が実体化しかけたらしいじゃないか。最近、邪気が実体化する騒ぎが多くてな。弁士達も特定に躍起になっているんだ。情報が欲しい」

「なにかあったかしら」

朱莉が智人と顔を見合わせていれば、智人はふと思い出したように言った。

「邪気の出現前に、なにか雑音が響いていた気がいたしますが」

「え、なにそれ」

「あったかな程度ですので、気のせいかもしれません。レコードの曲も流れてましたし」

「それは聴こえたわ。あれうちの会社の製品ね。柱時計もあったから、贔屓《ひいき》にしてもらってるなって思った記憶がある」

智人と言い合った朱莉だったが、宗形が聞き返してきたのは朱莉に対してだった。

「御作嬢、うちの会社というのは確か」

「隅又商事です。あの屋敷にあったのは、内部にレコードを組み込んだ大型の柱時計で、決まった時間に曲が流れるようにしたものですね。富裕層に人気な主力商品なんですよ」

朱莉が営業に携わっているわけではないが、一応会社が扱っている商品は覚えていた。

「なる、ほどな」

「ところで宗形様、甘いものもいただきたいのですが」

考え込むように腕を組んでいる宗形に朱莉が願えば、彼の顔は奇妙にゆがんだ。

「……まだ食べられるのか御作嬢」

「おいしいものを食べる機会は逃したくないので。とはいえお夕飯もあるのでアイスクリンあたりが良いです」

「良いですね、朱莉様。ぜひ僕もいただきたいです」

「……わかった。他に困っていることはないか」

折れた宗形の問いかけに、朱莉は文庫社に置いてきたもの、ものを思い出して硬直する。

その微妙な反応を見逃さなかった宗形が問いかけた。

「なにかあるのか」

「語った言神が消えないってことありますか」

「なんだ、智人以外にそんな面倒くさいことが起きたのか」

興味深げに身を乗り出してくる宗形に、朱莉は事情を話すことに集中していたために、智人がどういう顔をしていたかは知らなかったのだった。


アイスクリンまで堪能した朱莉と智人が屋敷に戻ると、居間の長椅子に勘助の大きな図体が寝そべっていた。その傍らには酒とつまみが置かれていることから、おそらく一杯やっていたのだろう。しかしそのつまみに見覚えは全くない。

勘助は朱莉たちに気づくと片手を上げた。

「おーう、帰ったか。カツレツとやらはうまかったか」

「おいしかったわよ。……で、そのつまみは？」

「買い出しの駄賃にちょいとなあ」

「だろうと思ったけど、あなたなんでまだ外に出てるの。もう私が語ってからずいぶんたつよね」

あの日、刀の姿で顕現した勘助は、人の姿に戻った後も今日まで姿を保ったままだった。

一応自分の意思で言語りに戻れるようであるが彼は悠々と屋敷に居座り、以前と変わらずのんびり酒をたしなんでいる。あげくにはつまみを買いに、自分で言語りを携えて出歩くなじみようだ。

屋敷が広く大して困っておらず、買い出し要員として重宝しているためそのままにしているが、言神の顕現は一定時間がたてばほどけるもののはず。

もしやその一定時間というのは数日単位なのではと宗形に聞いてみれば、一度語っただけならば長くても一日程度だという。勘助が文庫社という霊場で一日中過ごしていたとしても今まで顕現し続けるのは驚くべきことらしい。

その話を朱莉から聞いた宗形は、頭が痛そうな顔をして言ったのだ。

『語り直しもなしに顕現し続けるのが普通なら、智人を変わった言神なんて言わないぞ。君はなにをしたんだ』

『いえ、その思いのたけをぶつけた、だけですが……』

『顕現した言神は弁士によって与えられた言霊《ことだま》の力で姿を保つ。要は注がれた力を使い果たせば消えるんだ。無理矢理姿を保とうとすれば言語リが崩れる。が、勘助の言語リに変化はないんだろう』

『な、なにも。むしろちょっときれいになったと思います』

『言神にとって最良の語りができたんだろう。一体どんな語り方をしたんだか……』

朱莉がどうにもきまり悪く言葉を濁せば、宗形に特大のため息を吐かれたのは忘れない。とはいえ害がなければ放っておいても問題ないと言われた。調べるとは一言も言われなかったのは、面倒くさがられた結果だろう。

朱莉が宗形の呆れた顔を思い出していれば、くつろいでいた勘助はひょいと身を起こすと長椅子の上で胡坐《あぐら》をかいた。

「さーてなあ。たぶんお前の語りが俺にしっくりきちまったんだろ。たまにそういうことってあるらしいしな」

「はい。ごく稀に、言神の本質を違《たが》えずに語られた場合、飛躍的に能力が増したり顕現できる時間が延びることはありますから」

「宗形様はそう言ってたけど……」

智人の補足は宗形にも言われていたが、それでもまだ納得できないことがあったのだ。

「なら、顕現してるあなたが、私に襲いかかってこないのはなぜなの？」

勘助は「主君殺し」の逸話が呪いとなり、呼び出した弁士を斬り殺すはずだ。にもかかわらず、この数日顔を合わせていても全くそのそぶりはなかった。

酒をたしなみ、食事を共にし、朱莉が帰ってくればさらりとねぎらう。

そこには修羅の影は全くない。気のせいだったのかと首をかしげたくなるほどだが、朱莉の脳裏には雨海に襲いかかった勘助の苛烈さが痛烈に焼き付いていた。

朱莉の困惑がわかったのだろう、気のないそぶりをしていた勘助が曖昧な表情になる。

「まあそれは、理由がわからなくもないがな」

「わかるの？」

思わぬ言葉に朱莉が目を丸くする中、勘助は人を食ったような笑みを浮かべた。

「俺には主が二人いたんだぜ。全部が全部だめにはならねえさ」

「そう言うもの？」

そんないい加減で良いのだろうかと思いつつ、足が疲れていた朱莉は勘助の隣にとんと腰を下ろす。すると朱莉の頭に勘助の大きな手が乗った。

あんまりにも唐突で、驚いて顔を上げた朱莉は、勘助の顔に懐かしさと温かみのような色があるのに気づいた。けれど、これは自分に向けられている感情ではない気がした。

なにを見ているのかと朱莉が問いかけようとした言葉は、わしゃわしゃと髪をかき混ぜられたことによって呑まれた。

「それに、お前さんはどう見たって主君じゃねえからな」

飄々とのたまう勘助に、朱莉はむすりと口をへの字に曲げた。

「なるつもりもないけど、なにかむかつくわね。お土産買ってきたんだけど要らない？」

「お、なんだよ」

「西洋のお酒。ウヰスキーだって」

智人が白い手袋に包まれた手でさっと荷物の中から琥珀色の瓶を掲げれば、勘助はたちまち頭を下げてきた。

「すまんこの通りだ！　嬢ちゃんは主……とは違うかもしれねえが従うべき家主であることには変わりねえ！」

完全に平伏している勘助がふざけているのは気配でわかったから、朱莉は満足して智人から受け取った瓶を渡してやる。

「大事に呑んでよね」

「もう呑まなくてもつまらなくはないが、おもしれえ酒なら別だ」

勘助がにっかり笑ったところで、真宵が居間に現れた。

「おかえり主さん、お夕飯できた。たべる？」

「食べる！　肉じゃが楽しみにしていたのよ」

朱莉が嬉々として立ち上がれば、酒瓶を抱えた勘助も同じように続いた。

「おうじゃあさっそく一杯やろうかねえ。西洋の酒ってのは……ってなんだ、その顔は」

「私の分まで取らないでよ」

「ばあか、そんなに喰わねえよ」

呆れ顔になる勘助に、朱莉は不審なまなざしを向けながら食堂へ向かおうとしたのだが、ふと振り返る。真っ先に傍らを歩くはずの智人がいなかったからだ。

智人は荷物を置いた場所に佇んで、目を細めていた。その表情はまぶしげで、どこか憧憬のような物を感じさせた。

「どうかしたの、智人。夕飯食べに行こ」

「……いいえ、なんでもございません。僕は荷物を朱莉様の部屋に置いてから参りますね」

「そんなの後で良いわ。自分でやるし」

なにせ腹が空いていたのだ。しかし誰かを働かせている間に食べるのは気が引ける。

だが、白い手袋に包まれた手で荷物を持っていた智人は眉尻を下げた。

「僕がやりたい仕事でもあります。お役に立つことが、従者の喜びですから」

「そ、う？」

「はい」

いつものおもちゃを取り上げられた子犬のような表情だったが、今日はなんとなく気圧《けお》されて朱莉は固辞するのをやめた。

「じゃあよろしくね」

「かしこまりました。すぐに参ります」

智人はいつものごとく綺麗に頭を下げて立ち去って行く。

その姿を見送りながらも朱莉はほんの少し違和を覚えた。いつもの智人の気がしたが、少々元気がないような。なにか変わったことがあっただろうか。

朱莉は首をかしげながらも食堂へ行こうとすれば、すでに行っていると思っていた勘助がまだそこに立っていた。

「え、勘助どうしたの？」

「いんや、なんでも」

一瞬、表情が恐ろしいほど鋭かった気がした。けれどこちらを向いた勘助はいつもの表情である。朱莉は首をひねりながらも、ひょこりと顔を覗かせている真宵の元まで歩いて行ったのだった。

＊

箕島勘助は、朱莉の語りによって得た力を消費しきる気配を感じ取っていた。

しかし、特に語られずともこの屋敷内では自由に行動できるため、大して不都合は起きないだろう。その前にするべきことを終えればいい。

それにしても、と勘助は己を呼び出した娘を思い出す。

黒髪を結い上げた、少しばかり表情の乏しい以外どこにでもいそうな娘であった。にもかかわらず、その唇から滑り出した言葉の鮮やかさと帯びた熱は「箕島勘助」という言神の芯をうがってきた。

十数日行動を共にしてわかったが、御作朱莉という娘は物語を不得手としているばかりか、弁士としての訓練を受けたことがないのだという。

だが勘助を呼び直したあの言の葉の連なりは間違いなく言神を奉じる祝詞。語りだった。たった一度の語りでここまで長く顕現したのははじめてだ。

そしてまさか、自分が顕現しても構わないと思うとも。

彼女の黒々としたまっすぐに己を見上げてくる眼差しに、主君ではなく妹を思い出したからだろう。

朱莉は勘助を「義の益荒男」と称したが、勘助は己がどうしようもないろくでなしであったことを自覚している。しかし、朱莉と同じことを己の妹も口癖のように言っていた。

『兄様は倭国一の益荒男にございます』

死地へと送り込まれる勘助を心配しながらも、そう言って見送り続けた唯一の家族。主が道を踏み外してゆくのを止めるべく、勘助が覚悟を決めた時もなにも言わずに見守っていた。しかし妹を幸せにすることだけはできなかった。

それを思い出すだけで勘助の目の前は真っ赤に染まる。

藩主の命によって嬲《なぶ》り尽くされた、かつての妹だった亡骸を見たあの瞬間、勘助は確かに修羅へと落ちていたのだろう。それは言い訳のしようがない事実である。

だが、朱莉はそれを知ってもなお痛快に語って見せたのだ。

久しく忘れていた、妹の微笑みを思い出すほどに。

彼女が弁士とならないのならそれでいい。勘助は彼女の語る箕島勘助であろうと決めた。

故に、ほんの少し、世話を焼く必要があるだろう。

勘助が文庫社の二階に上がった瞬間、音もなくその影が現れた。

険しく目をすがめる智人に、勘助は悠々と片手をあげて見せる。

「よう、いい夜だな智人」

「こちらには朱莉様の部屋しかございません。なに用ですか」

このように冷徹なまでに冷えた表情をする智人を朱莉は知らないだろうが、勘助にとってはこちらの方がなじみ深かった。しかし誰かのためにこんな表情を浮かべる奴は、はじめてだったなと思い出す。

ただこのままだと話が進まないため、勘助は早々に本題に入った。

「用があったのは嬢ちゃんじゃなくてお前だよ」

「僕にはありません。女性の部屋を訪問するには不適切な時刻です。お引き取りください」

それも彼女に教わったのだろうなと茶化してやりたくなったが、勘助は飲み込んだ。

そして智人の白い手袋に包まれた手を顎でしゃくって見せた。

「なあそれ、外さねえのか」

「……まだ業務時間なので」

「じゃあ言い方変えるわ。その手、見せてみろよ」

智人の表情が止まるのを、勘助は笑みを納めて見つめた。無意識だろう智人が白い手袋に包まれたままの手を握る。

数日前から手袋がはめられていることに、勘助はすぐに気がついた。そしてこの言神が隠そうとしている事実にも。

「外せねえか」

「特に意味はありませんので」

だがそれは肯定しているようなものだとわかっているのだろう。ほんの少し後ろめたそうな色を宿す智人を勘助はじっと観察した。

禁書あつかいになっているはずの己が、なぜこのような小さな文庫社に所蔵されているか。それは眼前の言神の抑止力と、いざという時のためであると勘助は知っていた。

「箕島勘助」は現存が確認されている中で最高峰の対神魔、および言神に対する絶対の優位性を持っている。共に所蔵されているだけで、周囲の言神に対する抑止となるのだ。

原典であればなおさら。生半可な言神では、たとえ許可を出されても出てくることができないだろう。

だが智人は平然と顕現したまま行動している。勘助が文庫社に持ち込まれてからずっと。

その異常さを、今までここに赴任した弁士は誰も気がつかなかった。

弁士に対して一歩引いた態度を崩さなかったため、弁士たちは彼を文庫社内でのみ活動できる弱い言神だと誤認していた。真宵を気にかけながらも智人は徹底していた。

だからこそ勘助は彼が急に外に出はじめたあげく人間を、それも娘を連れてきたことが意外だった。人間に進んでかかわるとは思っていなかったからだ。

勘助は言語リの中でもずっと彼が娘に構うのを観察していたが、夜行智人という言神の印象ががらがらと崩れて驚いたものだ。

勘助が知っている夜行智人という言神は、狡猾な獣だ。それもとびきり危険な類の。

今までは大人しかったが、興味のあるものを見つけた途端、豹変するだろうと思っていた。それは正しかったが、同時になぜあのようなただの娘だったのかと思った。興味の理由が喰らうことであれば、抵抗されようと断ち切るつもりだったが。

勘助の刃の霊威にあてられ、爛《ただ》れたままだろう手を握った智人が眉尻を下げていた。

「朱莉様には言わないでいただけますか」

「ほんと、嬢ちゃん命だな」

「当然です」

智人がそんな人間臭い表情を、感情を表に出すようになったのはあの娘が現れてからだ。

その理由の一端にうすうす気づいていた。

「お前が言語リに封じられた原因なのにか」

ごっそりと、智人の表情がなくなった。

幽鬼のような顔で見返す彼が行動を起こす前に、勘助は言葉を継いだ。

「嬢ちゃんに降ろされてる時に、ちいとばかし見えたもんでな」

「……ああ、なるほど。意識と感覚を共有したのです。そのようなこともあるでしょう」

「まあお前がなにを思ってああしたのかは、わからなくはない。だがそれでもお前の魂胆がわからねえ。嬢ちゃんを始末するつもりなら俺を顕現させねえだろうしな。だがお前は嬢ちゃんをこちら側に引き入れようともしていない」

ほんの少しだけ肩の力を抜いた智人に、勘助はたたみかける。

幼い朱莉の視点で断片的ではあったものの、あれがかつてあったことならばこの智人が彼女を気にかける理由はわかる。だが行動は矛盾だらけなのだ。

「てめえは嬢ちゃんをどうするつもりなんだ」

腰に差した刀の柄に手をかけ、勘助は迫る。

今の智人なら、この距離であれば仕留められる。あの娘に害をなす気があるのならこの場で斬っても構わない。

だが勘助の放つ殺気はわかっているだろうに、智人は綺麗に笑った。

「どうもしません。僕はただ、あの子に幸せになってもらいたいだけなんです」

あの子、と智人が称したことに勘助は表情には出さないまでも驚いた。

「だって物語は、めでたしめでたしで終わらなきゃだめでしょう？」

いっそあどけないまでに小首をかしげる智人の目を見つめていた勘助に、ゆっくりとその言葉の意味が染みわたる。

「人に必要なのは、安全な住処と家族。僕が奪ってしまったものです。けれどあの子は人非《あら》ざるものに好かれやすいですから。いざという時の用心棒も用意しておきたかった」

勘助の胸にあるのは、朱莉という少女が孤独に泣く姿。その孤独の要因は、

「お前、まさか……俺や真宵を顕現させたのは」

「真宵はともかくあなたのことは気に食いませんが、腕だけは良いですから。今のところ、僕を確実に斬れるのはあなたぐらいなものですしね」

淡々と告げる智人に、勘助は呆れた。

自分が言っているのことがわかっているのだろうか、この言神は。

それは勘助の腕を信頼している、と言っているようなものなのに。朱莉と対峙した時と似たくすぐったさを覚えた勘助は、きまり悪さをごまかすように顔をゆがめた。

「俺が嬢ちゃんを気に入るとは限らなかっただろうに」

「いいえ、気に入りますよ。朱莉様はこれ以上ないほど良き読者ですから。それも僕が壊してしまいましたが、かならず取り戻して見せます」

朗らかな笑みには確信しかなく。しかし続けられた言葉に勘助は眉をひそめた。

智人はわかっているのだろうか。その笑みに深い悔恨がにじんでいることを。

いやおそらく無意識だ。勘助はあきらめて息をつき、がしがしと自分の頭を掻いた。

「わかった、わかったよ一つ貸しだからな」

「なぜでしょう？　感謝されることとしかないと思いますが」

「そういう所だぞ、嬢ちゃんに怒られるの」

「そうなんですか!?」

刀の柄から手を離した勘助は、驚いた顔をする智人にふ、と声を低める。

「で、いつだ」

「……それほど時間はかからないかと」

「悔いのねえようにしろよ」

「言われるまでもありません」

勘助は頷いた智人の肩を叩いて、階下にある自室へと戻った。

これは朱莉と智人、二人の物語だ、勘助がかかわるべき領域ではない。そう悟ったから引き下がったが。

「だがまあ、嬢ちゃんがなにを思うかねえ」

物語が嫌いと明言し、しかしそれが少し違うことに気がついていない娘。

勘助を一つの解釈に押し込められることが我慢ならないと語り上げた彼女が「夜行智人」を知った時にどう行動するか。

勘助は顎をさすりながら思案したのだった。

巻ノ五　御作朱莉という娘

　通勤のために丸之内駅から出た途端、朱莉は呼び売りに声をかけられた。

「職業婦人のお嬢さん、神魔除けのお札はいかがかな？　昨今の雷獣にも効く」

「結構です」

　バッサリと切り捨てた朱莉は、足早にその場を離れた。

　だが、焚書派のデモの声が大きく響いてきてげんなりする。原因は最近急激に増えている言語り暴走騒ぎだ。富裕層の屋敷を中心に所蔵されている書物にとりついていた邪気が実体化したり、朱莉の副業の時のように言語りが勝手に顕現したりして対応に追われている。出没する雷獣もいまだに捕まえられていない中、弁士協会への風当たりがきついものになっていた。

　おかげで最近は通勤するだけで疲れてしまう。正直やめてくれと思いつつ、朱莉は喧噪を避けるために氷比谷公園の脇道に入った。

　多少遠回りになるが、街の喧騒から離れた静謐な空気を味わえるのだから良いものだ。

朱莉がなんとなく朝から疲れた気がしつつ誰もいない脇道を歩いていると、近くの茂みが不自然に音を立てた。

興味を引かれた朱莉が覗いてみれば、灰色の毛玉がいた。

「……犬？」

うずくまっているためよくわからないが、朱莉が抱え上げられそうな大きさで、ふっさりとした尻尾が優美ではあった。

ぴくんと震えた獣が顔をもたげたことで、朱莉は自分の認識が間違っていたことを知る。思ったよりもすっととがった顔立ちをしていて、なによりよく見てみればその足は六つあった。流れるような体つきは美しいが、明らかに普通の獣ではない存在。だがこの国ではそれほど珍しくなく、朱莉には心当たりがあった。

そう、公園内の周囲に立てられていた「動物霊注意」の看板だ。命を取られることはないが、不意に出てきて脅かされたり、精気を取られて昏倒する被害があったという。

警戒心丸出しでうなる獣は薄汚れていたが、しかし襲いかかるそぶりは見せない。

今日は早く出たから多少寄り道しても大丈夫だったはず、と朱莉はついついしゃがみ込んで観察しはじめた。

「都会で生きるのは大変だろうに、ここにいたら弁士につかまって、言語リに閉じ込められちゃうわよ？」

弁士たちは幽霊や妖怪の調伏《ちょうふく》も仕事としている。看板にも弁士協会への通報を求める文《もん》言《ごん》があった。だが、朱莉は通報する気はさらさらない。動物霊とてこの世に存在するもの。人間の都合で自由を奪うのは違うと思うのだ。

ここまで近づいていても、獣は朱莉から逃げていこうとしない。それだけの力がないのだろうか。細身の体つきは満足に餌にありつけていないのかもしれない。

帝都に住みはじめたころ食べ物の値段の高さに涙を呑んでいたことを思い出した朱莉は、ごそごそと鞄からお弁当包みを取り出した。

「まあ、ごく最近この辺りに来たみたいだし、ちょっと先輩が手伝っても良いと思うのよ……って、さすが真宵ちゃん豪華」

かぱっと弁当箱を開けた朱莉は喜色を滲《にじ》ませた。

そこに詰め込まれていたのは、ハムやチーズが挟まれたサンドイッチだったのだ。菜っ葉が挟まれ彩りも工夫されており、おやつの代わりだろう、びわがころんと包《くる》まれていた。

今日は手軽に食べられるものをと頼んでいたのだが、おにぎりにしないあたりが真宵らしい。おいしいは正義。

朱莉はその中からサンドイッチを二切れ取り出すと、自分の手ぬぐいを皿代わりに置いてやった。

目の前に置かれたものに興味を引かれたのか、灰色の獣はそっと上半身だけ起こして近づいてくる。どうやら神魔でもサンドイッチの価値はわかるらしい。奮発してよかった。

「よし、都会でも食べ物は沢山あるからお互い頑張って生きようね。あ、でも人は食べちゃダメよ。祓われちゃうからね」

この距離なら届くかもしれない、と朱莉は話しかけつつそっと獣の頭に手を伸ばす。

触れる寸前、指先にしびれのようなものを感じた気がしたが、手触りはなめらかだった。

「君は、ありのままでいなよ」

手の下で獣が硬直する気配がしたが、逃げてはいかなかったから、朱莉はもうひと撫でだけして立ち上がる。そろそろまじめに会社へ向かわないといけないだろう。

それにしても昼食休憩が楽しみになったと思いつつ、茂みから脇道に戻る。

「朱莉さん？」

朱莉は飛び上がらんばかりに驚いた。

遅れてどっどっどっと心臓が痛いくらいに鳴るのを感じる。

ゆっくりと振り返れば、スイートピーが染め抜かれた着物を着た丸山充子がいた。

こんなところで出会うとは思っていなかったのだろう。困惑しているのかその表情は硬かった。しかしそれは朱莉も一緒だ。しかも朱莉が出てきた茂みには例の動物霊がいるのである。いかに弱々しい獣の姿をしていようと、気弱な充子には刺激が強いだろうし、なによりすぐさま通報しようとするだろう。それを避けるには。

朱莉はなんでもないように表情を取り繕うと、充子の気を引くために近付いた。

「奇遇ね、充子さん。今日の着物はスイートピー？　優しい色合いで素敵だわ。ところであなたもデモを避けてきたの」

「えっ。えと……朱莉さん!?」

驚く充子に構わず、朱莉はさらりと彼女の手を取って導く。

「さ、一緒に会社に行きましょ。そろそろ始業時間が近いわ」

相手に問いかける隙を与えなければ、追及されることもない。

女学校時代に詰め寄られることも多かった朱莉の処世術だ。ついでに言えば手を取ればなぜか大体のクラスメイトは黙ってついてきてくれていた。

充子も顔を若干赤らめながらもついてきてくれる。これであの獣がサンドイッチを食べるくらいの時間は稼げるだろう。

「あ、朱莉さん！」

公園の出口あたりに来たところで、我に返ったらしい充子が立ち止まった。

朱莉がなんだろうと小首をかしげれば、こわばった顔で充子が言った。

「ご、ごめんなさい。その今日は別の仕事を命じられてるの」

「会社から？　ああ、充子さんが今かかわってる仕事の方？」

こくりと頷いた充子の、言いづらそうな表情に、朱莉はなんとなく事情を察した。

隅又商事は朱莉の仕事場がある本社のほかにも、丸之内の中にいくつか支社が点在しており朱莉もそちらへのお使いを何度かこなしたことがあった。

「もしかして、今日は向かう先が違ったりしたかしら」

頷いた充子がそっと朱莉から手を離した。申し訳なさそうな顔をする充子に少々罪悪感を覚えた朱莉は軽く手を振って見せた。

充子は同期の中でも目立たない存在だ。そんな彼女が、ほかの女子社員とは違う仕事を任されているのが少しうらやましい。社への忠誠心が薄い朱莉だったが、なにかに貢献できるというのが嬉しいものだと感じる気持ちはあった。

「そうね。充子さんの邪魔をして悪かったわ。じゃあ仕事、頑張ってね」

朱莉が言えば充子ははっと体を震わせると、肩にかけていた鞄をぐっと握りしめた。

「うん」

ただ、充子は言葉のわりにあまり嬉しそうではないのが、ほんの少し気になったが。

朱莉は充子と別れて本社へと急いだのだった。


いつも通りに仕事を終えて、昼食を手ばやく終わらせた朱莉は社内にある資料室で調べものをしていた。

二切れ減ったサンドイッチだったが、あまり腹が減っておらずちょうど良かった。

朱莉はあの屋敷で聞いた音楽時計について少々気になり、昼休みを利用して調べてみようと思ったのだ。

電灯の光の中いくつか頁をめくる。必要がない時には立ち入ってはいけないことになっているが、ここの管理人とは茶飲み友達のため融通してもらっていた。

「やっぱり、どの屋敷にもうちの時計が納品されてる」

調べているのは、隅又商事の主力商品である音楽時計の売り上げと納品先についてだ。音楽時計に携わっている女子部員からも話を聞いていた朱莉は、取引先を眺めながら悩み込んだ。

隅又商事は、この柱型音楽時計で成長したと言っても過言ではない。

この音楽時計は受注生産が中心になっているため、流通している数は限られている。やはり朱莉が行った屋敷にも、納入した記録が残っていた。さらにその納入記録では朱莉が新聞で調べただけでも、言神被害にあった屋敷の名前を見つけることができた。

「ただ偶然、と言い切れるくらいなのよねえ、これ」

限られていると言っても、帝都には華族も資産家も多いためかなりの数が流通している。

「それにもし時計が原因だったとして、どうしてというところが全くわからないしねえ」

なにせ音楽が流れると言っても普通の時計である。関連していたとして、音楽で言神が顕現するのか朱莉では見当も付かないし、そもそも関連するのかもわからない。

智人と勘助が証言した雑音、というのが糸口になるかもしれないと考えての調べものだったが、やはり気のせいだったのかもしれない。

この際だからと主力の置き時計の仕様を眺めていれば、ふと、組み込むことのできるレコードの一覧に興味を引かれた。

「時計のために作られた曲もあるのね。……ってあれ」

曲名に見覚えがあったこともだが、曲の中の一つには歌手として丸山充子と記載されていたのだ。音がくぐもっていて気づかなかったが、あれは人の声だったのか。

「充子さんの新しい仕事ってこれのことだったんだ」

充子の声だったら、さぞ美しく聴きごたえがあるだろう。レコードで声質が変わっていたが、もしかしたらあの鵺の屋敷で聞こえたのは充子の歌ったものだったかもしれない。

ただ歌手や役者などの芸事に携わる人間は、どうしても一段下に見られてしまう。

朱莉はなにかを表現するというのはそれだけですごいと思うのだが、充子が仕事内容を言わなかったのはそういった偏見を避けたからかもしれない。

まさか知り合いが当事者だと思わず、どうしたものかと朱莉は考え込んだ。ちらつくのは、朝方に見た充子の頼りない瞳だ。あまり幸せそうではなかった。

それとなく充子に食事をごちそうして話を聞くくらいはいいかもしれない。零れる愚痴でなにか新しいことがわかるかもしれない。

「とりあえず、宗形さんにもレコードの声に言神が反応することがあるのか聞いてみるか」

朱莉はそう決めて、資料室を後にしたのだった。


朱莉はあくびをかみ殺しつつ、午後の仕事を乗り切った。

なんとか間違いは出さなかったものの、能率が格段に落ちているのを感じていた。

「うう、寝たい。でも仕事が終わるまでは耐えなきゃ……」

最近、朱莉は少々寝不足なのを自覚していた。

智人たちには気づかれていないとは思うものの、そろそろなんとかしなければならないと感じていた。夢見が悪いらしいというのはわかるのだが、どんな夢なのか覚えていないのだからどうしようもない。

ただこれが鵺退治をしてからだ、というのは明確だった。

「とりあえず、寝るまで起きてないと……いやちがった、帰るまでは起きてないと、だ」

そろそろ本気で怪しいなと思っていれば、背後に居る社員の声が響いてきた。

「雷獣騒ぎ、これからどうなるかね」

「弁士が頼りないからなぁ。十二年前みたくはならないと信じたいが」

朱莉の心のどこかが、凍り付いた。

振り向かない方がいい、そう考えているにもかかわらず、体は勝手にそちらを向く。

そこでは男性社員二人が、のんきに語っていた。

「十二年前ってあれか。なんとか村ってところで起きた荒神災害」

「そうそれ！　読んだ新聞に載っていてな。村はほぼ全滅したんだろう？　明慈《めいじ》時代最悪の被害だって当時は書き立てられたな」

「あれはもうすごかったなー」

日に日に声高になっていく彼らの口さがない話に、朱莉の耳は集中してしまう。

「弁士たちがたったひと柱の神魔に手こずって甚大な被害を出したんだろ。焚書派の過激分子まで関わってたって話も聞いたぜ」

「そもそも神魔も迷惑だよな。もう新しい世だってのに暴れ出しやがって。おとなしく封じられれば村も無事だったのに」

ばん、と大きな音が響いて朱莉はふと我に返る。

気がつけば、手のひらがじんじんと痛かった。ああそうか、自分が机を叩いた音だったかといまさら思い至る。だが朱莉がぼんやりと考えている間にも、驚いた顔をしている男たちへ向けて言葉は滑り出した。

「神魔にとって、言語リに封じられるのは、閉じ込められるのと変わらないんです。だから、そんな風に言うのは違うんじゃないですか」

「なんだ、急に」

寝不足のせいか頭がぼうとして、自分がなにを言っているのかよくわからない。

しかし朱莉は喉の奥からせり上がるような衝動を抑えられなかった。

「神様が、語られるほうが幸せなんて誰が決めたんですか！」

そう叫ぶように言い放ったところで、朱莉はすっと頭が冷えた。

眼前の男性社員たちはもちろん、周囲にいる社員まで驚いたように朱莉を見ている。

しまった、と思った朱莉だったが言葉は返ってこない。

自分にできることと言えば、頭を下げることだけだ。

「申し訳ありません。ぶしつけなことを申しました。忘れてください」

「あ、ああ……」

男性社員たちが呆然としている間に、朱莉は早々に自分の荷物をつかんで立ち去った。

こみ上げてくる吐き気を胸のあたりをつかむことで抑える。衿が崩れるが構うことはできない。

いつの間にか居た充子がじっと見つめているのを、青ざめた朱莉は気づかなかった。

早く帰りたい。帰っておいしいご飯を食べよう。気持ち悪いけれども、そうすればきっと少しはましな気分になれる。お風呂にも入ろう。銭湯に行かずとも温かいお風呂に入れるのは贅沢だ。

「御作君、ちょっと」

朱莉が廊下を足早に歩いていると呼び止められた。

さすがに無視するわけにはいかず振り返れば総務部の人間だった。

角張ったような体を揺らして近づいてきた男性社員は、無造作に持っていた資料を渡す。

「君にはいらないかもしれないが、めどがたったんで一応知らせるよ」

ああ、一応仕事はしてくれたのか。と朱莉はぼんやりと思った。

＊

「お帰りなさいませ、朱莉様」

朱莉が文庫社に帰宅すると、当然のように智人のにこやかな笑顔に迎えられた。

ほ、と朱莉の心のどこかが緩むのを感じる。

「ただ、いま」

「はい！　荷物をいただきますね。今日の夕食は真宵が丁寧にこしらえたポトフですよ。

西洋の野菜煮込みだそうです」

野菜煮込みと聞いて、ぐうと朱莉のおなかが鳴った。おなかがすくなら、まだ大丈夫だ。

うんと一つ頷いた朱莉に、智人は当惑した表情になる。

「どうかなさいましたか、朱莉様」

「ん、なにが？　それよりもおなかすいた。ご飯食べたいわ」

「はい、かしこまりました、が」

「真宵ちゃーん！　勘助ー！　ただいまー！」

靴を脱いだ朱莉が居間に行けば、勘助が長いすに寝そべって酒をたしなんでいて、朱莉に気づくとぞんざいに手を振った。

「おう嬢ちゃん、先に一杯やってるぜ」

「いつもやってるの間違いじゃないの」

すると、虚空から真宵が現れて酒瓶を取り上げる。

「勘助はいつも飲んでる」

「さっきは手伝ってやっただろ」

「ちょっとだけだもん」

ぷうと、頬《ほほ》を膨らませる真宵に勘助は平然としている。

朱莉は最近は帰ってくるたびに繰り広げられる、この応酬に安心する自分がいた。

じっくり、目に焼き付ける。温かい光景だった。まるで家族みたいに幸せだった。

だが、好きだからこそ自分がそばに居てはいけない。なにせ彼らは言神で朱莉はただの管理人、しかも彼らを心の底から慕うことができない身である。

ふ、と真宵が小首をかしげて朱莉に問いかけてくる。

「主さん、ご飯できてるよ。たべる？」

「うん、おなかすいた」

「俺にもくれ」

「……はたらかざるもの食うべからずなの」

寝そべっていた勘助へ真宵がジト目を向けるのに、朱莉はつい吹き出してしまった。

ポトフは西洋の煮物だけあり醤油の味はしなかったが、鶏のだしが効いていて朱莉の心をほっこりと温めてくれた。

「西洋の煮物だというが、飯にも合うもんだな」

「言えてる」

勘助と朱莉が言い合いながら食べていれば、智人が神妙な顔で聞いてきた。

「朱莉様はこのような味もお好きですか」

「知ってるでしょ。私はおいしく食べられれば幸せよ」

「なるほど。覚えておきますね」

智人がまじめな顔で言うのをおかしく思っていた朱莉は、じいと真宵が見つめてくるのに気がついた。

「どうしたの、真宵ちゃん」

「主さん、なにかあった？　食べる量が少ない」

「……そういえばそうだな。いつもはおかわりする頃じゃないか」

勘助にまで指摘された朱莉はきょとんと自分の皿を見下ろした。

どんぶりに盛られたポトフはまだ半分残っているし、ご飯も少々残っている。確かにいつもならもう一杯おかわりする気になっているところだったが、朱莉は首を横に振った。

「んー今日はいいや。それよりもみんな聞いて。今日総務部から連絡があって新しい寮が手配できたらしいの」

朱莉が言えば、真宵と勘助の顔が驚きに染まった。

だが勘助はすぐに納得の色を浮かべた。

「そういうことか」

言葉の意味は朱莉にはわからなかったが、聞く前に真宵が動揺した様子で朱莉を見た。

「行っちゃうの？」

「うん。あくまで期間限定って約束だったからね」

これ以上居たらますます情が移ってしまうから潮時だろう。

事前に話していたとはいえ衝撃だったのだろう。真宵は顔をゆがめて姿を消した。

彼女の来歴から考えれば衝撃を受けるのもわかる。かわいそうなことをしてしまったとも思う。だが朱莉は弁士ではないのだからこれが一番いいだろう。

朱莉がまた一口スープを飲んでいれば、勘助が猪口を置いていた。

「ずいぶん快適に過ごしていたように思うが、それでも離れるのか」

勘助の人を食ったような表情はなりを潜めており、幾分引き締められていた。

だが朱莉も覆す気はない。

「ここは居心地よかったし、管理業って言っても住むだけだったし楽っていっちゃ楽だったわ。副業でお給料ももらえたし。もちろんあなたたちが気にくわないわけじゃないのよ。智人はあれだけど」

「それはまあ、呼び出したのが嬢ちゃんだからなんだがな。智人はあれだが」

「そこで意見を一致させないでくださいません……？」

智人が少し情けない表情になっていたが、朱莉と勘助はそちらには構わなかった。

「まあ、嬢ちゃんは生きてる人間だ。俺らが引き留めるわけにゃいかねえが。なにが原因だったかくらいは教えてくれてもいいんじゃないかね。じゃないと真宵は納得しなさそうだ」

「それは」

勘助に問いに答えようとして、朱莉は言葉に詰まった。

屋敷の住み心地が悪かったわけではない。物語に関しては近づかなければ良い話だったし、今の二足のわらじは少ししんどいが、それも許容範囲のように思える。

言神達も残念だったりやっかいだったりしたが、彼らが悪いわけではなかった。

なのに言語リを持つと考えた瞬間、ぞわ、と背筋に感じる怖気《おぞけ》があるのだ。

もし文庫社の管理をするのなら、少なからずこの神々たちを語らなければならない機会があるだろう。朱莉がいくら避けていてもきっと。

朱莉はこの思いを長らく嫌悪だと思っていたが、真宵や勘助、智人のことを悪く思ってはいない。もしかして朱莉が忌避しているのは物語ではなく、その存在を表す逸話を語ることと、その延長線上に居る言神なのではないか。

「いや、まさかそんな」

「どうかしたか」

勘助の問いに朱莉ははっとして頭《かぶり》を振った。今は眼前のことに集中すべきだ。

「ううん、なんでもない。そもそも私は弁士見習いですらないから、文庫社の管理人は不自然なのよ。ねえ智人、宗形様に連絡を取りたいんだけどお願いできるかしら」

ごまかすために朱莉が智人を向けば、彼はいつもと変わらず丁寧に頭を下げた。

「ええかしこまりました、明日僕が行って参りましょう。お許し願えますか」

「う、うん」

朱莉は頷いたが、少し違和感を覚えた。

今の今まで忘れていたが、智人は朱莉がこの社を離れると言ってもなんら異を唱えなかった。初っぱなにご主人様になって欲しいと言ったあげく、強引に文庫社の管理人へ引き込んだにもかかわらず、である。はじめから期間限定の契約として交わしていたとはいえ、このあっさりとした反応は朱莉の胸にもやりとしたものを残した。

とはいえ藪をつついて蛇を出すことはないか、と考えた朱莉は追及しないことにして立ち上がる。だが、今日調べたことを思い出しもう一度智人を向いた。

「そうだ、宗形様にほかに聞きたいことが……」

あって、という朱莉の声は音にならなかった。

ふ、と目の前が真っ暗になった。足下が崩れるような感覚に姿勢を保っていられない。

お腹の底から中身がせり上がってくるものだけは、全力でこらえた。

「嬢ちゃん!?」

勘助の声が響く中、朱莉は智人に抱き留められた。

「ああ、ごめん、智人。ありがとう」

「朱莉様、失礼します」

朱莉が離れようとすれば智人に引き留められ、首筋に手袋に包まれた手が当てられる。

手袋はいつから着けているんだと朱莉がぼんやりと考えていれば、智人が眉をひそめた。

「朱莉様、体が熱いようですが」

「え。あーうん。そういえば暑いかな」

指摘されて朱莉は初めて自分の状態に気がついた。頭が回ってないのはそのせいか。

驚いた勘助がとがめるような声音で言う。

「嬢ちゃん、体調が悪いんなら言えよ。体壊しちまったらどうしようもないんだからな」

「その、今気づいたから。寝ればたぶん大丈夫だし」

勘助の声音にこちらを案じる色があるのに朱莉は少し戸惑った。いつも自分一人だったからあまり気づかわれるということがなかったのだ。

仕事に行かなければ生きていけないこともあり、多少の無理を押し通すのが当たり前になっていたのもある。

今回のこれは最近の寝不足が原因だろう。自覚すると急に体が重くなってきた。とりあえず、これは眠ればなんとかなるはずだ。医者にかかるほどのことでもないし、風邪くらいなら家で寝て治すのが普通だ。明日も仕事があるからましな体調に戻せるといいのだが。

「失礼いたします」

参ったなあと思いつつも朱莉はふらふらとする体のまま歩こうとした途端、智人に横抱きに抱え上げられていた。

ぼんやりとしていれば、眉をひそめた智人の不機嫌そうな表情で見下ろされていた。

「部屋まで運びます。お仕事もお休みになられてください」

「いや、でも仕事が……」

「お願いいたします」

言いつのる智人の揺れるまなざしに、朱莉は声をしぼませる。

びっくりした、というのが一つ。懇願が泣きそうに思えたというのが一つ。

うまく働いてくれない頭のまま、朱莉は智人に抱きかかえられて運ばれたのだった。

＊

赤い炎が、舞っていた。

ぼんやりとした意識の中で、これが故郷の村だと気づく。

炎の正体は村のあちこちから上がる火の手だ。壊され、崩され、その間には昨日まで普通に話していた村人たちが倒れている。

生きてはいないのだ、と朱莉にはわかってしまった。

朱莉の手足は幼い。当然だ。故郷の村に居たのは、まだ七つやそこらの頃なのだから。

運動が得意ではない朱莉が、何度も転びながら一生懸命走ったから、浅い呼吸が苦しくて、心臓が変な音を立てているのを感じていた。

冷たい手でぎゅうと、握りしめているのは本だった。

真新しくて、丈夫そうな一冊の本。

どうしてこんなことになったのだろう。

村の中央でぶつかり合うのは、二体の神魔だ。腕のひと薙ぎで家は吹き飛び、嵐が巻き起こる。恐ろしくも神々しい光景。

だが朱莉は、片方の神魔にしか目が行かなかった。

大きくて、金色の。まがまがしい体躯をした異形。

朱莉が語った通りの存在がそこにいた。

だって、だって。お願いされたのだ。弁士さんに、なにより友達に。

友達に会いたいのなら、語ってくれと。

『さあ、お前にとって俺がどんな存在だ？』

いつもは素っ気ない友達が、とても期待しているように思えたから。

だから朱莉はいつもの調子で得意げに答えた。

いつもと違うのは、その手に本があったこと。そして、語った言葉。

『すごく強くて、誰にも負けない鬼だよ！』

『そうだ、俺は誰にも負けない。かつては都を恐怖のどん底に陥れた存在、阻むものは何物も退けられる。そうだな』

そこで、頷いてはいけなかった。

けれど朱莉は、力いっぱい頷いた。頷いて、さらに言葉を重ねた。

願われた通り、村に伝わる逸話を語ったのだ。そうじゃないんだけどな、と少し思ったけれど。本の通りに話してくれと言われたから。ああでもそれは、誰にだったか。

どちらにせよ変わらないと思ったのだ。どんな風に語っても、現れるのはきっと己の知るものだと思っていたから。

でも、初めて知った名前を読んで、現れたのは全く違うものだった。

ずうっと村で聞かされ続けたまがまがしくて、残忍で、恐ろしい鬼だった。

朱莉が出会いたかった友達は、こんな恐ろしい存在ではなかったはずなのに。

『お前の言葉で、顕現した？』

戸惑いがちな、その声は一緒だった。

疑いようもなく、いつも朱莉と話してくれた声で、違うと叫びかけた言葉が喉に詰まった。代わりに湧き上がってくるのは震えだ。

じぶんのせいだ、と朱莉は思った。

わかっていたのに朱莉が間違って語ってしまったから、あの神様はああなったのだ。

いいや、そもそも間違っていたのだろうか。だって言語りで語って現れるのは、言語りに宿っている存在そのものなのだから。

朱莉が好きだった友達が、幻ではなかったのだろうか。

目からぼろぼろと勝手に涙があふれてくる。

その姿が怖くて、振るわれる暴威が恐ろしくて、大好きだった村が壊れて行くのが悲しくて、でも一番は。

手足が冷たい。息が苦しい。呆然としていると、なにかが朱莉に飛んでくる。

逃げようとしても朱莉の足は疲れ果てていて、もう一歩も動けない。

大きな手が盾のように眼前へ差し出されるも、朱莉の背中が焼け付くように痛んだ。

『――――!!!』

大事な友達の声が聞こえるのに、声を返せなかった。

息がうまく吸えない。痛みで支配される。

自分も死んでしまうのだろうか。

そう、思った時、体が抱え上げられて、目がふさがれた。

「忘れるといいよ。これはわるいゆめだから」

優しい誰かの声がした。なんだかさみしそうで、申し訳なさそうな声だ。

ちがうの。私が全部悪いの。だから忘れたくない。忘れてしまったら、今度こそいなくなってしまうのにこぼれていく。

それでも朱莉はこれだけは胸に刻んだ。

もう、なにも語らない、と。

＊

どんっ、と落ちるように目を覚ました朱莉は、あえぐように呼吸を繰り返した。

どくどくと心臓が嫌な勢いで早鐘を打っている。

熱が高くなっている感覚があった。これは明日までに下がらないかもしれない。

寝かされているのは自室のベッドだ。いつも快適な場所だが、どこかふわふわと浮いているような心地がした。

辺りはまだまだ暗かった。おそらく真夜中に近い時間だろう。

また眠れる気がしない。嫌でも思い出すのはついさっきまで追われていた夢のことだ。

「今更、思い出すなんて」

あの頃の記憶は朱莉にとって曖昧だ。気がついたら村のみんながいなくなっていて、朱莉だけが駆けつけた弁士に保護されていた。

そして記憶のほとんどを失っていたために、朱莉は故郷のことをどこか遠くのことのように思い続けていた。あんなことがあったのも忘れていたほどだ。

そうだ、あんなに大事に想っていたはずなのに、どうして忘れていたのだろう。

仕方がない部分もあるのだろう、もう十二年も前のことなのだから。

ぼんやりとしながらも体は異様に重い。それでも朱莉が身じろぎすれば、額になにかぬるいものが乗っていることに気がついた。

手で引き寄せれば、それは濡らされた手ぬぐいだ。着物は自分で着替えてベッドで力尽きた記憶はあるが、この手ぬぐいは自分で乗せた記憶がない。

「朱莉様……？」

朱莉がのろりと顔を向ければ、廊下からこぼれる明かりを背に智人が立っていた。

持っている器には水がたたえられているようだ。

「起きられたんですか」

「どう、して」

朱莉が戸惑いがちに呟けば、喜色を浮かべていた智人は大いにうろたえながら言った。

「す、すみません。お部屋に立ち入ってはいけないとおっしゃられていたのは重々承知しています。ですが看護の本にはあまり目を離してはいけないとも書いてあり、朱莉様を放っておくのも良くないと思いまして。その例外としてお許しいただけましたら……」

あんまりにも必死になって言いつのるものだからおかしくて、朱莉は少し表情を緩めた。

「そこまで必死にならなくていいわよ」

「そう、ですか」

ほっとした顔をした智人は電灯をつけ、ベッドの隣にある洋箪笥の上に器を置くと朱莉をのぞき込んできた。

「なにか必要なものはございますか。眠れないのでしたら寝物語でもお聞かせするところでしょうが。朱莉様は好まれないでしょうし」

神妙に考え込む智人の普段通りの様子に、心が緩むのを感じた朱莉は素直に言った。

「水が飲みたい」

「はい、ございますよ」

智人からすかさず差し出されるコップに朱莉は驚きつつ起き上がろうとした途端、ぴりと背中が痛んだ。

「……っ」

「どうかなさいましたか」

「傷が、痛んで」

思わず呟いたことを朱莉は少し後悔した。智人が真っ青な顔で息を呑んだからだ。

身を乗り出してくる彼を、朱莉はなんとか押しとどめた。

「大丈夫、今ついた傷じゃないし、もう治ってるから。……古傷なのよ」

「そう、なのですか」

「それよりも水、ちょうだい」

朱莉が念を押せば、身を乗り出しかけた智人はコップに入れた水を差し出してくる。

一口飲んでから思ったよりも自分が喉が渇いていたことを自覚して、ごくごくと飲み干した。だがその間も、傍らに置いていた椅子に腰を下ろした智人は、不安そうにそわそわしている。

朱莉もどうして話そうとしたかわからない。たぶん熱のせいだろう。

ただ、智人のもの言いたげな顔にこれはあきらめないなと感じて、コップを返した朱莉は彼に背を向ける。そして衿をほんの少しくつろげ、髪をかき上げた。

「な、朱莉様!?」

「見えるでしょ。傷」

智人がうろたえる声が響いてきたが、朱莉が説明すれば息をのむのを感じた。

今智人には、ざっくりと爪にえぐられたような傷の一端が見えるはずだ。ほかの肌と色が違うそれは、背中を横断するように腰のあたりまで続いている。

銭湯で人に会えば、よく生きていたと何度も言われる傷だ。声をかけられるのが億劫で、風呂には人が居ない時刻にしか行かなくなった。

これが朱莉が村の惨劇から生き残った代償だった。

「雨が長く降ったり、調子が悪かったりすると痛むの。それだけよ」

最近は夢見が悪くて、朝になるとずきずきと痛んでいたものだ。

人間ではないとはいえ、青年の姿をしたものに長く見せるものではないと朱莉はすぐに衿を元に戻す。

「それは、うなされていたことも関係ございますか」

震えるような声音で問いかけられて、朱莉は振り返った。

智人は泣きそうに眉をひそめて、じっとこちらをうかがっている。

さすがに一夜そばに居ればわかるか、と朱莉はため息をついて枕に背中を預けた。

眠れる気がしなかったから、気を紛らわせるためにも語るにはちょうどいいだろう。

「ちょっとね、昔のこと思い出しちゃってさ」

おそらく引き金は鵺だろう。今回はっきりとした夢になったのは、確実に会社で聞いたうわさ話が原因だ。ゆるりと傍らを見れば、智人は口元を引き締めて聞き入る姿勢だ。

「智人は十二年前に起きた荒神災害を知ってるかしら」

す、と智人の顔から表情がなくなった。言神にとっても印象深い事件だったのだろう。

「かの村に封じられていた神魔が暴れ出し、活動弁士達は総力を挙げて言語リに封じたものの村は壊滅した、と」

「それを起こしたのは私かもしれないのよ」

驚きに目を見開く智人に、朱莉はどう話したものかと考えを巡らせていた。

熱で体がだるかったが、頭は冴え渡っているようだった。

ようやく、身の内にくすぶっていたもやもやがつながって、物語が嫌い……いや怖くなった理由がわかりかけているからかもしれない。

だから朱莉は自分の記憶を確認するように言葉を紡いだ。

「ねえ、私、神様と友達だったのよ」

脈絡がなく、口に出すとずいぶん荒唐無稽な話だったが、智人は顔をこわばらせていたものの黙って聞いてくれた。

「村のはずれにあった首塚の周りは、小さい頃の私の遊び場でね。いつも一人で遊んでたの。その時誰かが話し相手になってくれていたわ。首塚に封じられていた神様ね」

村の逸話で語られる神は、それは残虐で残忍で恐ろしい鬼だったという。

幼子を攫い、貴人を喰い、財宝を奪い、刃向かう者はすべて手にかけ、悪行の限りを尽した。その悪逆非道ぶりは、朝廷を震え上がらせたという。

弁士達により首を落とされてもなお恨みを吐き続けたため、首だけを別に封じ神として祀って鎮めることにしたのだ。それが朱莉の村外れにある首塚だった。

けれど首塚から応じてくれた声は全く違っていて、朱莉はずいぶん気安く話しかけていた気がする。

その時の声も、どんなことを話したかも思い出せないけれど、大事な友達だったのだ。

「私、それを村に来ていた弁士に話した……気がする。きっと誰かに知っていて欲しかったのね。私の友達を。そうしたらある日、首塚の前で本を渡されてお願いされたの。『村の鬼を語ってくれないか』って」

それが、朱莉をなにかと気にかけてくれた弁士、根尾《ねお》だった。

『村を守るためなんだ』

そんなことを言われたような気がするが、当時の朱莉は良く理解できなかった。

代わりのように、鬼が首塚から出るために必要なのだと言われた。一緒に走ったり、ご飯を食べたり、どこかへ行ってみたりしたくないかと問われた。

なぜだろう、と思っていたような気がする。でも、その想像は魅力的で、なにより友達にも願われたから。

「だから語ってしまったの。そのせいで、鬼が現れて村がなくなった」

今思えば、持たされた書物は鬼の言語リだったのだろう。

なぜ根尾が、朱莉に語らせたのかわからない。ただの子供である朱莉に、弁士のような力があるはずないのに。だが鬼は朱莉が語った途端、現れ、村は壊滅した。

ただの妄想だと切って捨てる方が簡単だ。朱莉はなにもせず、運良く生き残っただけ。けれど、朱莉が親戚の家で肩身の狭い思いをする中、根尾はことあるごとに気にかけてくれたこと。あの惨劇については一度も真実を話してはくれず、忘れるように言ったこと。

それをふまえると、朱莉がなにかをしでかしてしまったからこそ、気にかけていたのではと勘繰ってしまうのだ。

だが根尾の真意はともかく。

「私は物語を語ったことで、故郷と家族を失った。だから物語が怖いのよ」

胸の奥に重いよどみを自覚しながらも、腑に落ちた気分で朱莉は締めくくった。

ただこのような断片的な話を聞かされても、困惑するしかないだろう。

それでも聞いてくれたことで、少し心がすっきりとした気がした朱莉が息をつく。

すると、沈黙を守っていた智人にそっと問いかけられた。

「朱莉様は、生き残ったことを、後悔されているのですか」

「さすがに、それは思わないわ」

朱莉まで居なくなれば、平和だった頃の村を覚えている者は居なくなる。だから生きて行かねばならない。

「では、その友達であった鬼を語らなければ良かったと思われましたか」

智人の言葉が、朱莉のじくじく痛む柔らかい傷をえぐった。

ようやく、己の本心に気づいた。

「……私のせいだと思ったの」

「朱莉様?」

こぼした途端、抑え込んでいたどろどろとした言葉があふれ出してきた。

智人が困惑するのも意識の外だった。

「恐ろしくておぞましくてまがまがしくて残虐で、そう語った通りの鬼が現れて。怖くて、怖くて仕方なくて。でも、じゃあ私がずっとずっと好きだった、会いたいと思った友達は一体どこにいったのって。私が信じてた友達は、全部私の作り話だったんじゃないかって思ったら、悲しくて嫌で嫌でたまらなくて、全部いらないって思っちゃったの！　私が言語りに閉じ込めて言神にしちゃったのに！」

もう朱莉が思い出さない限り、真相もわからないけれど。

それが、言神に対する命令になっていたのなら。村を壊滅させたのは朱莉も同然だ。にもかかわらず自分はひどい人間だ。村を壊されたことよりも、両親が死んでしまったことよりも、友達から自由を奪って失ったことを後悔していたのだから。

「ごめん、なさい……っ」

両親が死んで、村がなくなって、たくさんつらいことがあったけれど、それは生き残ってしまった自分の罰だったのだ。だって己はこんなにも罪深い。

会いたいと思ったわがままで神魔をゆがめたのかもしれないのに、朱莉は自分が語ったはずの友達でさえ否定してしまった。そんな自分が嫌だった。

涙を流す資格などない。それでも朱莉は、胸の内で荒れ狂う感情をこらえるためにシーツを固く握りしめた。

その手に、白い手袋に包まれた手が添えられた。

そのまま包み込まれ朱莉がのろのろと顔を上げると、静かに朱莉を見つめる智人がいた。

悲し気に震えるような、その姿に意識が奪われた。

「大丈夫です、朱莉様。あなたが出会ったその鬼は、確かにそこにいたはずです。だからご自分を責められないでください」

「うそ、だ。だって、言語りに封じ込められた鬼が、語られて、現れた姿、なのよ」

それが真実なのではないか。と朱莉が胸が引き絞られるような思いで告げれば、智人は首をゆるゆると横に振ってゆっくりと微笑んだ。

「忘れておりませんか。朱莉様はご自分で勘助を、別の形に語りなおしてますよ」

「あ……」

朱莉は息を呑んで智人を見返した。本質が変わらずとも、姿が変わることもある。智人は表面上は穏やかだったが、その声音に深く重いなにかが沈殿しているような気がして。

だが智人の柔らかい表情は、限りなく透き通っていた。

「朱莉様は、その神魔にだまされたとは思わないのでしょう」

「なんのために？」

「首塚から出るために、あなたを利用したと」

指摘されてはじめて気づいて、朱莉がぱちぱちと瞬けば、智人は笑みを深めた。

「その表情だけでわかります。ならば少なくとも、その神魔はどんな形であれ、あなたを想っていた。きっと、あなたによって形を得たことを喜んでいるはずです」

「うそ……」

「嘘じゃありませんよ。言神の僕が言うんです間違いありません」

智人に包み込まれた手から彼が震えているのが伝わってくる。

声は確信がこもっているのに、なぜそんな風に震えているのだろう。けれど智人は朱莉の手を握ったまま嬉しさと少しの痛みと祈るような表情で続けた。

「首塚の下では、こうして人のそばにいることも、手を取ることもできないでしょう。不自由はありますが、外に出られるというのは悪くないのですよ。村を壊滅に追い込んでしまったのは拭いようもないことですが。神魔は元来人の感情に疎いものですから……なにかしらの事情があったのだとは思います」

「そういう、ものなの」

こんなことはいけない、と思いはしても朱莉がすがるような思いで聞き返すと、智人は真顔で断言した。

「そういうものです。なにより僕が、朱莉様のお傍に居られて良かったと思っていますから」

「ちょっとまって、そこで自分につなげちゃうの？」

しかし予想外の答えに、朱莉は今までの深刻さを吹っ飛ばすと、智人はきょとんとする。

「なにかおかしなことがありましたか」

「おかしいと言えばそうなんだけども。いつもの智人だなあと思ってさ」

肩の力が抜けてしまった朱莉をどう考えたのか、智人が少し焦ったように言いつのる。

「で、ではこういうのはどうでしょう。朱莉様と仲がよかったその神魔は、朱莉様を怖がらせて、守れなかったことをとても後悔しているのです。だからなんとか役に立ちたいと願っているんですっ」

「それもあなたのことじゃないの」

「えとそれはそのっ！」

うろたえる智人に、もうこらえきれなくて朱莉はくすくす笑った。智人がぽかんとしていたが朱莉は構わなかった。目尻ににじんでいた滴も乾いてしまうというものだ。

「それは、おとぎ話みたいね」

「あああすみません。朱莉様にとってはただの戯言《ざれごと》や想像に聞こえるかもしれませんが、こうかもしれないという想像の幅はとても大事だと思うというかなんと言いますか！」

「そんなに必死にならなくていいわ。だって、心がほんの少し軽くなっちゃったもの」

朱莉が少し冗談めかして言えば、智人は驚きに目を見開く。

そうだった。物語というのはこういうものだった。

楽しくておかしくて。時には苦しくて、悲しくて。少しの間だけだが心を慰めてくれる。小さなころの自分は一人の寂しさをそうやって慰めていて、もう顔も思い出せない友が話してくれる様々な逸話を喜んで聞いていたのだ。

忘れていた。思い出した。物語は嫌いじゃなかったのだ。

智人の話が本当だったらいいのに。かつて友だった神魔の行方はわからない。朱莉のような一般人にわかるはずがないから、想像するだけだ。

けれど悪いほうにだけでなく、良いほうに考えたって良いのだと思わせてくれたのは、智人をはじめとする言神たちがいるからだ。逸話が形をとった存在に、解釈は自由だと教えてもらった。

「たぶん、物語が苦手なのはこれからも変わらないと思うわよ。けど……うん。読むだけならできそうな気がする。だってここから出たらきっと寂しくなるだろうし」

「そう、ですか。僕も寂しくなります」

智人の言葉に、朱莉は軽く驚いて彼を見た。

「私のこと引き留めなかったけど。寂しかったの」

「元々期間限定と念を押されてましたから。それに僕は朱莉様にたくさん思い出をいただきましたから十分です」

「沢山ってまだ二ヶ月くらいでしょ？　言神にとっては大した時間じゃないんじゃない？」

「ええ、そうですね」

熱のせいか、いつもなら思いとどまるような言葉を形にした朱莉だったが、智人は曖昧に微笑むだけだ。

ただ、ほんの少し改まった表情で続けた。

「もし、寂しかったらいつでもこちらに戻ってきてください。あなたには真宵がいます。勘助を呪いから解き放ちすらしました。あなたの語る言葉を求める言神にこれからもたくさん出会うはずです。ちょっとうらやましいなあと思いますが、朱莉様さえよければもう一人になることはないはずです」

「私、もう子供じゃないのよ」

「そうですか？　ですが言神にとっては五年や十年はたいした違いではありませんよ」

「言うわね」

言葉をとられた朱莉が軽く睨んで見せれば、智人は澄ました顔をするばかりだ。

当初は言神相手にこんな風に会話ができるようになるとは思ってもみなかったし、振り回されてばかりだと思っていたが。

「私は行くわ。普通の人間でいる」

やはり朱莉には物語を語る資格はないと思うから。

「はい。それでも構いません。……さあ、朱莉様どうぞお休みください。僕は出て行きますから」

「あら病人が寝るまで見張ってなくていいの？」

「いっ……いいんですか」

これは熱のせいだろう。驚いた顔をしながらも、いそいそと椅子に座る智人にまたくすくすと笑いつつ、朱莉はゆっくりとまた布団にもぐりこんで呟いた。

「智人、今までありがとうね」

「ええ。僕はいつまでもあなたの従者です」

眠る間際、朱莉はふと気づく。

そういえば、智人は彼自身がそばにいるとは一言も言わなかったな、と。

巻ノ六　言神「夜行智人」

結局、朱莉の熱は翌日も引かなかった。無理を重ねていたツケが吹き出していたのだろうと思い、朱莉はあきらめて智人にしばらく会社を休む連絡を入れてもらった。

真宵は寝込む朱莉に、後ろめたいような素直になれないような様子だったが、世話はするつもりのようで、おかゆや暇つぶしの本を差し入れてくれた。

それでも最後の抵抗なのか、本はすべて娯楽小説や言神関連のものだが、朱莉は試しにと一冊一冊読み進めていった。はじめこそ緊張した朱莉だったが、あっさりと物語は朱莉の頭に滑り込んでいった。

あっけない。今まで忌避していたのが嘘のようだと思う。結局ほぼ一日中読みふけってしまったものだ。

「西洋にも、ずいぶん神魔はいるのねえ」

海向こうの国の神魔についての逸話集を閉じた朱莉は、ふうと息をついた。

神魔の逸話は本物もあるが長い年月がたつごとに作り話などが入り込み、どれが本物の逸話かは検証が必要になるのは西洋も東洋も一緒のようだ。しかしそれ故に時代を経るごとに新しい逸話が生まれることもあるらしい。西洋と東洋で似た神魔もいて読み比べるとなかなか面白かった。

意外にも、宗形のほうから見舞いに来て朱莉は驚いたものだ。

明日は仕事に行こうという日だったため、寝室でいくつかの雑談の後、本当にここの管理人をやめるかと問いかけられた。それに頷けば、宗形はそうかと言った。

「もう少し、君には続けてほしかったんだがな。俺の仕事が減るから」

「素直ですね。でも引き留めないんですか」

「まあなるようにしかならん。言神は神だ。神に関わるとなればそれ相応の覚悟と代償が必要になる。無理強いはしないさ」

あっさりと言った宗形は朱莉にいぶかしげなまなざしを向ける。

「なんだ鳩が豆鉄砲をくらったような顔をして」

「いえ、ものすごくまじめなことを言うものですから驚いて」

「君は俺をなんだと思っているんだ」

おとぼけ不良軍人。とは言えず朱莉が曖昧な表情でごまかせば、宗形は渋い顔でため息をついた。たぶんばれている。

「まあともかく。離れるというなら引き留めはしない。だが同時に否応にも引き寄せられる人間というものはなぜかいるものだ。そうなった時にはあきらめてくれ」

「なんですかそれ」

とんちのような言葉に朱莉はいぶかしく思ったのだが、宗形は話を変えた。

「とはいえ家移りは月末まで待っていてくれ。今は物騒でな。人のいない文庫社を作りたくはないんだ」

「物騒というと、言神が突然暴れ出す事件が頻発していることですか」

「まあそんなところだ。見当は付いたからな、それくらいには片を付けられるだろう」

宗形に相変わらずやる気は見えなかったが、これが彼の普通なのだろうと思えば朱莉は任せるだけだ。先ほど話した隅又商事についても取り越し苦労だったかな、と思いつつ。

そうして家移りは月が替わってからと決まり、朱莉はその翌日出社したのだった。

*

しっかり休んだおかげで全快していた朱莉は、たまっていた自分の仕事を片付けると方々の社員の手伝いに回っていた。

お気に入りの蘇芳《すおう》色に色とりどりの蝶が舞い飛ぶ長着に、赤みがかった紫の帯を締めている朱莉は気合十分である。

「朱莉さん、病み上がりなのにそんなにお仕事して大丈夫？」

柔らかな橙色に黄色い薔薇の咲く長着を着た充子がおずおずと聞いてくるのに、ほかの社員から引き受けた仕事を片付けながら朱莉は応じた。

「大丈夫。むしろ今は助かるわ。家に帰りづらいから……」

「なにかあったの？　家の人と折り合いが悪くなったとか」

案の定驚く充子にうっかり口を滑らせた朱莉はどうしたものかと思う。

「その……看護はしてもらったけど、寮に移るって言ったら、家の子にすねられちゃって」

結局、無難に真宵のことを持ち出した。

本当は熱が出た夜、肌をさらしたあげくさんざん暴露した自分の醜態が恥ずかしくて智人と顔を合わせづらいのだが。

自分では正気だと思っていても、熱は判断能力を鈍らせるらしい。

傷があるから嫁に行く気もないし、見せた相手も男性に見えても人ではない言神だから良かったものの少々気まずかった。一応会話はしているから気づかれてはいないだろうが、それで朱莉の気が落ち着くわけではない。

今思い返しても、自分がどうしてあんなに情緒不安定だったのかわからない。ただあの後から夢見は悪くなくなったのにはほっとしていた。

あと一日二日たてば元通りに戻れるだろうから、今だけは許して欲しかった。

気恥ずかしげにしながら資料をまとめる朱莉をじっと見ていた充子は、きゅ、と手を握り合わせながら言った。

「なら、朱莉さん。手伝いを頼んでいいかな」

「珍しいわね。なに？　私が休んでいる間迷惑かけただろうし、なんでもやるわよ」

朱莉がさっぱりとした口調で言うと、充子はぎこちない笑みを浮かべて礼を言った。

「音楽時計の倉庫にネズミかなにか入り込んじゃったらしくてね。製品が傷ついていないか点検するついでに、あわよくば捕まえてほしいって頼まれちゃったの」

「それ一大事じゃない？　捕まえられっこないのにそんな命令出したの誰よ」

「その、断り切れなくて……私一人じゃできないだろうから。助けてくれないかな」

あきれた声を出せば、充子は身を縮こまらせてしまい朱莉は少し反省する。

少し言葉に険があると、男性社員に陰口を叩かれているのは知っているのだ。

だが、これは好都合だと思う。朱莉も充子に彼女が携わっている仕事について聞きたいと思っていたところだったのだ。

「もちろんよ。充子さんの頼みだもの」

「あり、がとう」

ぎこちなく微笑む充子の手がかすかに震えていることを不思議に思いつつ、朱莉の午後の予定が決まった。

隅又商事の倉庫は、本社の裏手にある。

この一等地に贅沢に思えるが、顧客はこの帝都内の富裕層のためここから帝都各地に運搬する方が効率的らしくそのまま使われていたのだ。

自分の仕事が先に終わった朱莉は、充子との待ち合わせよりも前に倉庫までたどり着いていた。何気なく扉に手をかけてみると、重い音をさせながらあっさりと開く。

不用心すぎないか、と朱莉は真顔になりつつ中へと入った。

壁伝いにスイッチを探ってつければ、おびただしい数の柱時計が照らし出された。

手持無沙汰だったため、朱莉は先に内部を見て回ることにした。ネズミ捕りを仕掛けるにしても、様子を把握しておいたほうが良いだろうと考えたからだ。

ただこの時計の一つに傷をつけるだけで朱莉の給料も首も吹っ飛んでしまう。どんくさいのを自分が一番よくわかっているため特に慎重にまわっていく。

立ち並ぶ音楽時計の中には動いているものもあるようで、かち、こち、かち、こちと振り子の音が聞こえた。この時計一つ一つを確認するのは一人では厳しいだろう。

この会社は相変わらず人の使い方がへたくそだな、と朱莉は思いつつ柱時計を眺め。

なにか視界の端で動いた気がした。

充子が来たのかと振り返ったが、ならば一声かけてくるだろう。

「まさか本当にネズミがいるの」

朱莉はどうしたものかと悩んだ。なにせ朱莉のどんくささは折り紙付きだ。足の速い小動物なんて捕まえられるはずがない。

ただどんな病気を持っているかもわからないし、咬《か》まれるのだけは勘弁したい。

それでもとりあえずは確認だ。朱莉は精一杯足音を殺して突き当たりの隅までゆくと、そうと顔をのぞかせてみる。

瞬間、こちらに向けてなにかが飛びついてきた。

声を上げる暇もなく朱莉はその場に尻餅をつく。

着物越しに爪が食い込むのを感じた。痛くはないが完全に胸に乗られてとっさに身動きがとれない。だが、灰色の体毛とすっとした犬のような狐のような顔つきの獣に見覚えがあった朱莉は目を見開く。

数日前、氷比谷公園でサンドイッチを分け合った動物霊だったのだ。

灰色に少し紫が混じった瞳をしたそれは、その牙をむき出しにして朱莉にうなった。

『Where is my grimoire?《俺の魔道書はどこ……》 You are...《お前、は》』

だが、そのうなり声は尻つぼみになり困惑に変わる。

朱莉もまた全く状況を理解できなかった。

大きさが一回りほど違うが間違いはないだろう。

だがこの動物霊は今、エールズ語……つまり海向こうの言葉をしゃべっているのだ。

さらに紫色の瞳に理知的な色を見つけた朱莉は、思わず問いかけていた。

「もしかして、あなた海向こうから来たの？」

『Oh, not again! She's speaking a foreign language. There's nothing I know. Where am I..?《……ああまた異国のことばだ。ここは俺にはわからないものであふれている。ここは、いったい、どこなんだ……》』

呆然と悲しみに満ちた声音でしおしおと長い尾を下げて、うずくまろうとするその獣に、朱莉は思考を高速で回転させた。断片的な言葉の中でも、気になる話が多すぎる。

このチャンスを逃してはいけない。

『Wait, I can understand you... Can you understand me?《まって、私にはわかるわ。これであなたにも聞き取れるかしら》』

朱莉が女学生時代に叩き込まれたエールズ語を口にすれば、獣の耳がぴんと立った。

ぎゅ、と胸元に乗ったままの前足の爪が立てられる。

『Do you understand me?《お前はわかるのか……っ》』

『I don't speak alesh often but I can understand you if you speak slowly.《ごめんなさい、早口にされると聞き取れないわ。久々に使うから慣れてないの》』

『You've brought back memories, I never thought I would hear my native language again.《懐かしい……また聞けるとは思っていなかった》』

呆然とする獣に、朱莉はほっと表情を緩めた。

『Anyway, please get off of me. I want to talk with you.《とりあえず、私の上から降りてくれないかしら。あなたと話がしたいわ》』

倉庫探索を中断した朱莉は、灰色の獣と向き直った。

この時ほど、朱莉はまじめにエールズ語を習っておいてよかったと思ったことはない。ちょくちょく仕事でスペル直しを依頼されるのも許そう。

ただしゃべるのは久々で不安だったが、朱莉の目の前にちょこんと座った灰色の獣は興奮のせいか尻尾を揺らめかせてそわそわしている。若干かわいい。

『なあ、故郷の言葉を語る娘。そして俺に故郷の味を供えてくれた娘。教えてくれないか。ここはいったいどこなのだろうか』

『私は朱莉でいいわ。ここは隅又商事……といってもわからないわよね。倭国の帝都にある人間の会社の倉庫よ。私はここで働いているの』

『……アカリ。帝都というのはエールズではないな。いつの間にこんなところに』

『あなた、どうしてここにいるのかわからないの。そもそもあなたはなに？』

そこをはっきりさせなければと朱莉が訊ねれば、灰色の獣は見てわかるほど悄然とした。

『わから、ないのだ』

ふさり、と尻尾が揺れた。

『俺は故郷で自由に暮らしていたことは覚えている。人間の暮らしが変わり俺の権能が増えても、俺は俺のまま変わらないはずだったのに。憑いていたものが船に乗せられて海を渡ったと思ったら、魔道書《グリモワール》のようなものに無理矢理閉じ込められたのだ』

ぐりもわーる、という単語はわからなかったが、おそらく言語リに似たものだろうとと弁士と言語リを知る朱莉には察せられた。

『その時に名付けられた名前みたいなものは？』

『らいじゅう、と呼ばれた気がする』

つたない発音だったが、朱莉は即座に言葉の意味を察して驚いた。

まさか、この獣があの雷獣騒ぎの犯人なのだろうか。しかしたった一度とは言え朱莉が間近で見た雷獣と大きさも姿も違いすぎるし、この雷獣は理知的で会話すらできている。なにかの間違いであってほしいとすら朱莉は思ったが、悄然とする灰色の獣は続けた。

『ただ封じられる時に己がゆがむのを感じて、抵抗したことだけは覚えている。そして気がついたらこの姿でさまよっていたのだ。それ以降己を封じた魔道書を探している』

灰色の獣の言葉に、朱莉は彼がちまたを騒がせている雷獣であると確信できてしまった。

どうしたらいいのだろう。

反応からしておそらくこの雷獣は暴れた時の記憶がないのだ。でなければ、襲いかかったことのある朱莉を前に、ここまで平静に話すわけがないだろう。

朱莉の出方を見ているという考え方もできなくはないが。と考えていれば、ゆるりと雷獣は眼前に正座する朱莉を見上げてきた。

『今まであいまいなまま彷徨《さまよ》うだけだったが、お前がくれたサンドウィッチのおかげで意識がはっきりしたのだ。礼を言いたい』

この雷獣、素直すぎるのである。

成人男性の声をしているが、エールズ語でならピュアとでも称したくなるようなまっすぐさだ。これでだまされてしまうのならいいかもしれないと思うほど。

そもそも簡単に害せる力を持っているにもかかわらずなにもしてこない時点で、この雷獣の性質はわかりきっていた。

『いえ、いいのよ……。腹の足しになったのならよかった』

『うむ、お前の声を聴いたらなぜだか力が出たのだ。うれしかった』

朱莉は雷獣にそう返しながら、乏しい知識で状況を把握しようと努める。

言葉の端々から察するに、この雷獣は海の外から倭帝国に来て言語リに封じ込められたのだろう。しかしなにかの弾みで逃げ出した。のだろうか。

『まって、あなた私に出会ってからずっと姿を保っていたの？』

『いや、お前に出会ってすぐ、魔導書の持ち主に遭遇して意識が途切れた。おそらく魔導書に引き戻されたのだと思う。抜け出そうとしているうちに気がついたらここにいた』

朱莉は切実に宗形から話を聞きたかった。これは自分の手に余る。

一番の解決法はこの雷獣をばれないように連れ出し、宗形に引き合わせることだろう。

だが彼の言語リがないことには、ここから連れ出すことはできない。

「でも逆に考えれば、雷獣の言語リが倉庫か建物の中にある可能性が高い……？」

ぞく、と朱莉の背筋に嫌なものが走った。

なら、なぜここに言語リがあるのか。隅又商事は弁士のいる文庫社でも、書物がたくさんある貴族の屋敷でもない。むしろ言神など文化的な近代には不要と断じている会社だ。

だがしかし、音楽時計のある屋敷で言神が暴れていて、雷獣が出現しているのは言神に好意的な華族の屋敷や、隅又商事の競合相手になっている企業周辺が多い。

それは、この商事が一連の騒動に関連していることを示していないだろうか。

『アカリどうしたのだ。その言葉ではわからぬ』

不安げに告げられた朱莉ははっと我に返った。

『ごめんなさい。ねえ私もあなたが封じられた本を探すわ』

『本当か！　それは心強い！』

身を乗り出さんばかりに食いついてくる雷獣に朱莉は若干身を引いたが、この言神を見捨てたくないという気持ちを朱莉は無視することができなかった。

『ねえ、魔導書の場所、なんとなくでもわからない』

『この場所にいれば体を保っていられるから、近くにある気がするのだが』

しょんぼりとしていた雷獣だったが、ぴくと耳を動かした。

『……あ！　近いぞ！』

ぱっと表情を輝かせた雷獣に驚いた朱莉は辺りを見回しかけたが、すりと草履の足音が聞こえて振り返る。

「朱莉さん、やっぱりそれが見えるのね」

耳に心地の良い、澄んだ声が響いた。そこには能面のような顔をした丸山充子がいた。

彼女の接近に気づかなかったことに焦りかけた朱莉だがゆるりと瞬いた充子の視線が雷獣に注がれていることに気づいてす、と血の気が引く。

「充子さん……？　見えるってどういう」

「それに朱莉さん、あんなに荒れていた雷獣も手なずけちゃって、弁士の才能まであるのね。うらやましいなあ。私はこれがないと自由に動かせないのに。ずるいなあ」

充子から零れた雷獣、という単語に朱莉はまさかと思った。

朱莉が問いかけても取り合う気はないのか、充子はぶつぶつと独り言のように言葉を続ける。普段おとなしい彼女が、全身から漂わせる重い空気には危うさがにじんでいた。

その充子が片手に携えているのは、薄く灰色がかった書物だ。

『それは俺の魔道書！』

吠えるように言った雷獣が、たちまち飛び出そうとしたが、充子はぎゅっと本を握った。

「〝雷獣、伏せて〟」

不思議と、響き渡る声だった。

途端、雷獣は自ら床に叩きつけるようにその場に伏せる。

雷獣は力を込めて抗おうとしているようだったが、うまくいかずのたうち回っている。

朱莉は初めて目にする言語リの強制力に、呆然とするしかなかった。

「ちょっと拘束力が弱くなってるなぁ。あとでまた言い聞かせなきゃ。あれちょっと疲れるんだけどしょうがないよね。今、何時だったっけ……」

「充子さん、なぜあなたが言語リを持って雷獣を従えられるの。そもそもここに呼び出した本当の理由はなに」

慣れた様子で言語リを携え音楽時計をのぞき込む充子を、朱莉は険しく睨みつけた。

朱莉の様子に気づいた充子は、マーガレットに結った髪を撫でながら淡く微笑する。

「うん朱莉さん。私あなたがうらやましかったの」

全く話がかみ合わない。彼女の様子のおかしさにうすうす気づいていながらも、朱莉は彼女の話を聞くしかない。

「私と一緒に入社したのに、お仕事ができて男性社員さんにも対等に話せて頼りにされて。しかも美人でエールズ語までしゃべれてすごい人だと思ったの。両親の言う通り女学校に通って社会勉強のつもりで就職した私にはあこがれだったの。ほんとよ。まるで物語の主人公みたいに朱莉さんはきらきらしてて、頑張ろうって思うくらい。それなのにいくら頑張っても朱莉さんは全部私よりもできるの」

「そんなこと気にしなくったって……」

「私は気にするの！」

悲鳴のような声音に朱莉は飲まれた。

ぎゅ、と書物を握る手に力を込めて、充子は震えながら続けた。

「仲良くなりたかったの。朱莉さんと同じ場所に立てたら、同じことができたら、私もきらきらできると思ったから。でも私が一つできる間に、朱莉さんは十ができた。せっかく私が助けられるように寮を燃やしたのに、自分でなんとかしちゃっていたし、結婚だってしなくていいって言っていたのに、あんなきれいな男の人と婚約してた」

「まって、充子さん。寮を燃やしたのってまさか……」

「私よ。本当に燃やすだけのつもりだったのに、雷獣が暴れかけて困ったわ。ごめんね」

充子のひどくいびつな謝罪に、朱莉は血の気が引いた。

言葉も話も通じる気がしない。そんな彼女の拘束から雷獣はいまだに逃れられてはいないのだ。そして朱莉は屈折した感情を向けられている。

朱莉は身の危険をひしひしと覚えながらもなぜ、と疑問を渦巻かせていれば、充子は冷めたまなざしで己の持つ書物を見下ろした。

「でも私と朱莉さんってなにが違うんだろうね。朱莉さんはこんなまがい物じゃなくて、本物の言語りを使えるんでしょ」

「まがい物……？　それ、言語りじゃないの」

「そうよ。ほら、見て」

ぱらりと言語リを開いて見せられた朱莉は目を丸くする。

距離があるため詳しい文字が見えるわけではなかったが、それでも、その書物には到底意味のある文章が綴られているとは思えないほどびっしりとページに活字が埋まっていた。

つまりそれはタイプライターで打たれたものなのだ。

「上の人はこれを『モノ語リ』って呼んでるんだけど。これは人間が言神をもっと使いやすいように、あえてゆがめて封じたものらしいよ。ゆがませた分、特定の現象しか引き起こせないし、これとは別に特定の音を響かせなきゃいけないんだけど、弁士じゃない人でも使えるんだよ。うちの会社、音源と合わせて本格的に売り出そうとしているみたい」

「神魔を売るの!?」

想像の範疇を超えた話に朱莉が絶句すれば、にこにこ笑う充子は本を無造作に振った。

「神魔じゃないよこれは。そこら辺にいる雑霊？　を適当に封じ込めるんだって。だから何度か使うと使えなくなっちゃうんだけど、使い捨てだからそれくらいで充分だろうってことみたい。幹部の人がいうにはね、言神が強力な力を発揮できるのなら、もっと使いやすくして兵器にすればいいって考えらしいよ」

朱莉は気のないそぶりで言う充子に総毛立った。

神魔をゆがませて封じ込めるというおぞましい行為に、充子はなんの呵責も感じておらず、全く興味を示していない。人非ざる存在に対しての畏敬もない。

文明開化のあと、言語リと弁士は普通の人間にも身近になった。だから言神を手段として認識する人間がいても不思議ではないとしても、朱莉には衝撃的だった。

つまり身近だったこの隅又商事の中に、そのような人間がいたということなのだから。

そこで言葉を切った充子は、陶然と頬を染めた。

「私は神魔にとっても響く声をしているらしくて、語り歌の歌い手をしたのよ。恥ずかしかったけど特別で。しかも顕現した雷獣も任されちゃった。たくさんたくさん仕事をしたのよ。ええとでもんすとれーしょん、だっけ。モノ語リ『雷獣』の性能を試験するついでに邪魔な会社の妨害をしていたの。雷を落とせば『天罰だー!』ってなるし、弁士や言神の評判も落とせるから一石二鳥らしいよ」

「この会社どうしようもないわね」

戦慄するなかでも朱莉が思わずこぼせば、充子は意外にも真面目な顔で頷いた。

「私もそう思うわ。女だからって、下っ端の私に今後の計画とかこぼしちゃうくらいゆるゆるだし。弁士協会に疑われ始めているからって、社員を殺そうとするんだもん」

す、と朱莉の背筋が冷えた。まず間違いなくそれは、朱莉のことだ。

能面のような顔になった朱莉に気づいているのかいないのか、充子は朗らかに続けた。

「被害にあった会社に紛らせるために、一人くらい死んだほうがいいって話になったみたい。で、朱莉さんが弁士とつながりがあるってことで、私が幹部の人に処分してくれって言われたわ。ダメだよ、朱莉さん。この会社、言神と弁士が大嫌いなんだから」

「……充子さん、自分がなにを言っているのかわかっているの。会社のために人を殺《あや》めるなんて。やり過ぎよ」

「わかってるよ、朱莉さん。いいように使われているのも。でももう耐えられないの」

朱莉が精いっぱいの虚勢を張って睨みつければ、充子は唐突に表情をなくす。

「モノ語リを使えるようになった時、ああこれで朱莉さんよりも上手なことができたって思っていたの。でも朱莉さんは、私がやっとできたことを軽々と超えて行っちゃった。文庫社の管理なんてすごいことまでして。私のできること全部取っていっちゃって。怖くてうらやましくてどうしたらいいかわからないの」

ぼーんぼーんと時計が一斉に定刻を知らせる鐘を鳴らす。

同時に響いたどこか心を不安にさせるような旋律は、朱莉が鵺退治の前に聞いた曲だ。はっきり聞こえたことでよくわかる。レコード特有の甘やかな擦《かす》れが交じった澄んだ声は充子のものだ。のびやかに歌われるそれは、胸をかきむしるような不安定さがあるにもかかわらずどこまでも美しい。こんな時にもかかわらず朱莉は聴きほれてしまいそうになる。

だがこれは、充子が歌うモノ語リを扱うために必要な音だ。

拘束されていた雷獣の体がびくりと跳ねた。

苦痛を感じているかのようにのたうち回りながらも、雷獣の体が紫電を帯びてどんどん膨張していく。

間もなく朱莉が間近で対峙したあの化け物と同一に変貌した。

充子は重くよどんだ嫉妬の感情をあらわにしながらも、泣きそうに顔をゆがめながらひきつった笑みを浮かべた。

「だからね、だから。全部取られちゃう前に私の前から、消えて……っ！」

『グオォォ……ッ！』

咆吼する化け物に、朱莉は背を向けて逃げ出した。


とにかく化け物となってしまった雷獣が動き出す前に、なんとかしなければならない。

動き出したら最後、朱莉は紫電によって焼かれるだろう。

「〃さあ雷獣！　その女を殺して！〃」

充子の声が紫電のはじける音に紛れて聞こえた。

やはり朱莉が音楽時計が気になったのは、間違いではなかったというわけだが、全く嬉しくなかった。その生け贄になろうとしている朱莉は、ますます惨めだ。

だがそれでも逃げなければならない。朱莉はまだ生きていたいし、こんなところで命を失うのなんてばからしい。

しかしこれは会社ぐるみの犯行だ。外に出たとしてどれくらい味方が、そもそも味方がいるかもわからない。

ぎり、と朱莉が唇をかみしめた途端、肌がぴりぴりとする感触がした。

静電気を強くしたような感触。

出入り口に向かおうとした朱莉を阻むように、ざんと雷獣が立ちはだかっていた。

光は風よりも速い。朱莉は追い抜かれたことすら気づかなかった。

濁った黒に変わった瞳に理性はなく、ただただ朱莉に敵意を宿している。

話が通じないのはありありとわかった。それでもなんとかできないかと朱莉は頭を回転させるが、どうしようもなく袋小路だ。

「さあやって！　雷獣！」

充子の声と同時に雷獣は身をよじって咆吼をあげると、全身から紫電がふくれあがる。

ああ、これはだめだな、と朱莉はどこか冷静に考えてしまっていた。

こんなことになるなら文庫社の管理人を続けていればよかったのだろうか。だが仕事をやめることなどできなかった。ならばこれは避けられぬことだったのだろう。

せめて雷獣を元に戻してやりたかったが、声はきっと届かない。

とっさに顔をかばった朱莉は目を閉じる。

火事の時に失う命だったと思えば、あきらめられるだろうか。

紫電がはじけ。しかし、覚悟していた衝撃は来ない。

代わりに影がかかっていた。あたりは紫電で真昼のように明るかったから、眼前に誰かが立っているのだ。

朱莉は目を開けて絶句する。

守るように立ちはだかっていたのは、黒髪を揺らし、いつもの三つ揃えを着た、ここにはいないはずの青年。

「智人……!?」

朱莉が驚愕のまま声を上げると、智人はこちらを向いた。

しかしその腕も美しく整っている顔も焼けただれていた。紫電に焼かれたのだろう。

黒髪のままである智人は本来の力を発揮できていないのだ。いくら人よりも丈夫とはいえ、雷電をその身で受け止めればただではすまないのは当然だった。

にもかかわらず、智人は心底ほっとした表情で微笑んだのだ。

「朱莉様。お怪我はありませんか」

「あなたの方が重傷でしょ!?」

「ああよかった。本当に。今度は間に合った」

「だから、あなたがっ！」

朱莉が状況も忘れて言いつのれば、智人はゆるゆると微笑んだまま、いつもと変わらぬ声音で言った。

「あなたのことはお守りすると決めておりましたので。今度こそは、なにがあっても」

智人が振り返った途端、再び襲いかかろうとしていた雷獣が飛び退《の》いていた。

まるで智人を恐れたかのように。

一種異様な光景に朱莉は目を見開く。

智人はもはや満身創痍のはずにもかかわらず、雷獣は彼を警戒していた。

その光景に驚いた充子もまた、理解が追いついていないようだった。

「その人は言、神？　どうしてこんなところにいるの!?」

「もちろん僕は朱莉様の従者、下僕でございますから危険にはせ参じるのは当然で」

「馬鹿こんなところで冗談言うんじゃないの！」

朱莉が突っ込めば、智人は不本意そうな顔をした。本当にこいつは怪我人だろうか。

「いえ本当なのですが、方法というのであれば、朱莉様の通勤鞄に僕の言語リを忍ばせておりました」

朱莉はその言葉で、今日は智人に通勤鞄を差し出されたことを思い出した。

智人の言語リは比較的薄い部類に入る。書類を大量に持ち帰っていたため、紛れ込ませることは簡単だっただろう。

しかし充子は全く納得いっていないようだ。

「表には社員がいるはずなのにっ」

「眠っていただきましたが？」

当然のごとく告げる智人に、充子は唖然とする。

朱莉もにわかに信じられずに固まっていれば、智人は懐から飴色の言語リを取り出すと朱莉に渡した。

「どうぞ、これが終わるまで僕の本を開いていてください。火事場での時と同じように。そうすれば最後まで力を振るえます」

「智人、なにをするの」

「あなたのことは必ずお守りいたしますから」

不穏な気配を感じた朱莉の問いかけに、智人は答えず。

ただ、今までで一番きれいに微笑んだ。

「朱莉様。これでめでたしめでたしですよ」

朱莉に本を握らせた智人は、手を添えて本を開かせる。

途端、頁から金の文字が伸び上がり、朱莉から離れた智人を包み込んだ。

朱莉は火事の時とは違う荒々しい金の本流の中で、金の文字に包まれた智人の姿が変貌していくのをつぶさに見る。

体がぐんぐん膨張し、手足の指からは鋭い爪が伸びる。黒だった髪は黄金の輝きを放ち、なにより一番はその額から、髪をかき分けるように二本の角がまがまがしく生えてくる。

現れた存在に朱莉と充子は絶句した。

それはこの大倭帝国に住んでいるのであれば、誰しもが聞いたことのある存在だった。

数多くの昔話で悪役とされ、いにしえの都では暴虐を尽くしあまたの嘆きと怒りと悲しみを振りまく、悪逆非道でありながらあまりの暴威に神としてまつられた荒魂。

「鬼……」

声が震えていることで、朱莉は自分が震えていることに気がついた。

美しくも禍々《まがまが》しくそれ故におぞましい気配を放つその一体の鬼は、眼前にいるだけで原始的な恐怖を覚える。

こわい、恐ろしい。今すぐこの場から逃げ出したい。

そんな思考に支配された朱莉は、一歩後ずさり。自分が持っている物を思い出した。

そうだ、この言神は。

朱莉に背を向けていた金の鬼が、うっそりとこちらを振り向いた。

その石榴《ざくろ》のような赤い瞳と目が合った朱莉は、がんっと頭を殴られたような心地がした。

どくどくと痛いくらいに心臓が脈打つのに朱莉がよろめいていれば、なんとか我に返った充子がハードカバーを握り直していた。

「有名なお話ほど言神は強いんだって聞いたわ。私でも知ってる鬼を出せる朱莉さんはやっぱりすごいね。でも私にはこれがあるものっ」

顔をゆがめた充子は、乱暴にモノ語リの頁をめくった。

「〝雷獣！　あの言神を壊して！〟」

充子の震える声での命令と共に、雷獣は咆吼をあげて紫電を降り注がせる。

すさまじい雷音に朱莉は身をすくめたが、目の前の鬼がすべて受け止めた。

そして鬼は突進してくる雷獣を迎え撃った。

たちまち激しい応酬になるのを、充子は顔をこわばらせながら眺めている。

たとえ雷獣に命じることができても、戦闘の玄人ではないのだ。手を出しあぐねるのも当然だ。

負けてしまうかもしれない。充子がそう思っているのは明白だったが。

金色の鬼が再び拳を振りかぶった。

間違いなく雷獣に痛打を与える軌道だったが、なぜか空振りに終わる。

代わりに雷獣の牙が金の鬼の体に突き立てられる。

すぐに鬼は雷獣を振り払ったものの、牙が突き立てられた片腕は、金の粒子となって霧散していった。その様子で気づいたのだろう、充子があざけりを浮かべる。

「なあんだ、その言神もう消滅しかけじゃない。モノ語リも最後はそんな風に崩れて消えていくのよ。本もぼろぼろになって二度と戻らないの。いつから読み直してないの？」

「よみ、直すもなにも」

朱莉は一度も智人を読んだことなどない。混乱している朱莉に充子は不思議そうな表情を浮かべた。

「なに言ってるの？　朱莉さんが持って顕現しているんなら、朱莉さんが語ったに決まってるじゃない」

残念ね。朱莉さんと戦って私のほうが強いって思えたかもしれなかったのに。

そんな風に続けた充子の言葉は、朱莉の耳には入ってこなかった。

言語りをまともに語ったことなんて、勘助の一度きり。それも語るとも言えないような史実をなぞっただけのものだったはず。

しかし、鬼の石榴の瞳を見た瞬間、頭を揺さぶるような衝撃が未だに主張していた。

本当にそうかと。いいや、一度だけあった。何度も悪夢にうなされたじゃないか。

朱莉はあの金の鬼を知っている。

朱莉は衝動のままに手元の飴色の言語りに目を落とした。

読まなければいけない。ここに朱莉に関わるすべてのことが書いてあるはずなのだから。

あの鬼をこのまま消滅させてはいけない気がした。

冒頭、震える指で滑らかな頁をめくる。

流麗な万年筆で書かれている文字に見覚えがある気がしたが、綴られる話に集中した。

〝これなる神魔は、古より暴威を振りまき名を失い首のみとなりてなお、その怨念果てることなく封じられし鬼神の一柱その一端、黄金鬼《おうごんき》の逸話なり〟

〝長き年月を経て幼子に出会いしかの神魔。荒ぶりし力は健在なれど我見聞きし事柄と相違あり。故に黄金鬼の逸話とともに幼子が語りし逸話を並記す〟

〝我名付けしは夜行智人。しかし村の幼子に呼ばれし名は……――〟

村が壊滅した日、なにかと争っていた鬼の一柱。そして幼い朱莉があこがれ慕い、しかし恐怖してしまった友達。朱莉はこう、呼んでいた。

「鬼、さん」

眼前で雷獣を相手取る金色の鬼が、体を震わせた。

朱莉が頁をめくるたびに、怒濤のように記憶がなだれ込んでくる。

すべてではない。だが森の中で祀られていた首塚のそばで遊ぶ幼い自分と、岩の下から聞こえる声のやりとりが蘇った。

『おーにさーんこちら、手ーのなぁるほーうへ！』

『……俺は行けん。首だけだからな』

『むう。じゃあいつか、そこから出たら遊んでね？』

『強情だな。本来の俺の姿を見れば泣いて怖がるだろうに』

『そんなことないもん。鬼さんはかっこよくってすてきだもん。それに出たらお豆のお菓子食べられるよ！』

『……わかったよ。そのような機会が来るとは思えんが。今一度体を得た時は構ってやる』


ぐっと、こみ上げてくる吐き気に、朱莉はその場にうずくまった。

ああ、そうだ。そうだった。

その友達はいつも面倒くさげに、うっとうしそうに応じてくれた。

始まりもそう。朱莉が苔むした岩に乗って遊んでいたら、その岩から声が響いたのだ。

『俺の首の上に乗って楽しいか』と。

首塚という概念を知らなかった朱莉は、そのしゃべる岩にはしゃぎ回り、自分だけの秘密にして毎日のように首塚へ遊びに行くようになった。

それが村の神であると知った後も朱莉は「鬼さん」と会うことをやめず、一方的に友と呼び彼の言葉から彼の姿を想像するようになった。

声や雰囲気から、そして彼の話す逸話から。彼の話は朱莉にはおとぎ話のように現実味がなかったけれど、胸が躍ったのだ。

朱莉が最後の頁まで読み終えた瞬間、轟音と猛烈な土煙が巻きおこる。

顔をかばっていると、金の鬼がそばの音楽時計をなぎ倒しながら転がるところだった。

しかし、雷獣もまた痛打を与えられたようですぐには動けない。

「っ！」

のろりと体を起こした鬼は、金の粒子をこぼす右腕を押さえている。朱莉が言語りを読み通してもなお崩壊が止まらないのなら、もう言語りそのものが限界に達しているのだろう。

にもかかわらず、その鬼は朱莉にほろ苦く表情をゆがめて見せた。

「知られる前に消えるつもりだったのですが。うまくはいかないものですね」

姿かたちは変わっても変わらぬ、冷涼な声音と丁寧な口調だった。

声の穏やかさに、胸をえぐられるような後悔に襲われていた朱莉はますます混乱した。

その言葉で、この鬼が幼い朱莉を覚えていたと確信したからだ。

「な、なんで黙って……」

「言える、わけがありません。僕はあなたにとって恐怖の対象だったのですから」

朱莉が一時恐怖を忘れて問いかければ、鬼はぎゅ、と眉をひそめた。それは陽の感情しか表にしなかった彼からは考えられない、むき出しの悔恨だった。

「あなたが気に病むことなんてなに一つないんです。あなたを守るために呼び出されることを選んだ。にもかかわらずあなたに傷を負わせて、村は壊滅した。だからもう一度出会えた今、僕はあなたにめでたしめでたしを届けることにしました」

なにを言っているか朱莉は意味がわからなかったが、鬼は大まじめだった。

「もう朱莉様には、僕が奪ってしまった家族の代わりに真宵と勘助がいます。なくなってしまった村の代わりに文庫社があります。僕を語ってくれた心の代わりは……ちょっと無理でしたが。最後は僕が消えれば完璧です。鬼は幕引きには倒されるのが常道ですからね。村を滅ぼした鬼にはなかなかお似合いです」

「私に、返すため……？　そのために、十二年姿を保ったままだったの……!?」

「ええ、気合いで顕現し続けるのも終わりですね」

「わ、わたしは、怖がったのに？」

ほろりと朱莉がこぼした言葉に、鬼はぎこちなく笑みのようなものを浮かべた。

「おかしいでしょう。今まで怖がられることが当たり前で、愉悦すら感じていたのに。あなたの怯えた顔だけは、忘れることができませんでした」

姿の恐ろしさと、心底悔いる声の柔らかさのあまりの違いに朱莉の頬を涙が伝った。

鬼は朱莉へ手を伸ばそうとしたが、すでに左腕も崩壊しており、もどかしげに顔をゆがめる。

「それでも、あなたの言葉で語られたかったんです」

痛みよりも、悲しさがにじむそれに、朱莉は胸をえぐられたような痛みを覚えた。

穴埋めになるはずがないのに、似たものを用意すれば良いと本気でそう思って画策して。

ああ、本当に人あらざる者なのだ。朱莉は両腕を失っているのに、透き通った笑みを浮かべる眼前の鬼のいびつさが恐ろしかった。

けれど。朱莉が熱を出したあの夜の言葉は、すべて彼自身のことだとも知ってしまった。

忘れてしまっていた朱莉を責めもせず、朱莉を怖がらせてしまったことを後悔して、ただまっすぐ朱莉から奪ってしまったものを返そうとしていたのだ。

「物語が嫌いだ」と言い続ける朱莉に。

まだわからないことはあるけれど、朱莉の心に形容しがたい思いがわき起こる。

「さあ朱莉様、どうぞ逃げてください。あのなりそこないを足止めするくらいなら、今の僕でもできます」

別れを前提としたその言葉に、ふつりと胸の奥底が震えた。

「……あなた、前に私がいなくなると寂しいって言ったわよね。それ嘘だったの」

「いえ、十割本心ですが」

不思議そうに、だが間髪入れずに答える鬼に、朱莉は感情を爆発させた。

「なら鬼らしく意地でもしがみつきなさいよ馬鹿！」

「でも、朱莉様、怖がって」

「ええ確かに怖いわよ！　怖いけど、それもあなたで私の鬼さんもあなたなんでしょ！　会いたくて一緒に遊びたくてかっこいいって自慢したい友達が！　どうして消えてめでたしめでたしになるなんて思うのよ！」

石榴の瞳が大きく見開かれるのを、朱莉は震えながら睨み上げた。

こらえきれなかった涙が、ぼたぼたと言語リに落ちていく。

体が震えるのは怒りのためだ。この言神の身勝手さと、全く気付かなかった己に対して。

その時、朱莉はすべての覚悟を決めた。これから起きることもこれからの運命もすべて。

女は度胸。そういう言葉をどこかで見かけた。

「だからこうしてやるわ」

「朱莉様!?」

朱莉は宣言するなり、ぱたりと本を閉じた。言語リを閉じるというのは、言神に語ったそれを仕切り直すということ。

通常ならばそれでも語りで得た力を消費するまで姿は保てるはずだが、もはや限界をとうに超えている鬼にとっては自壊をうながすに等しかった。

当然、赤い目をまん丸に見開く鬼から、一気に金の粒子が消えていく。

「朱莉さん、自分から武器を捨てるなん、て……？」

あざ笑う充子の声は、朱莉がすぐに再び言語リを開いたことでしぼんだ。

朱莉は頭をめまぐるしく回転させながら、大きく息を吸う。

消滅しかかっているものが直せるかは知らない。だが言神は語り直せるものだとは知っている。ならばもう一度語って形を作り直せばいいのだ。

はじめの語りは言われるがまま、なにも考えずに語った。なぜこの鬼が十年以上も顕現できたかはわからない。それでも朱莉の言の葉が嬉しかったというのであれば、消える時をとどめるだけの語りを。祈りをもう一度だけ。

それに今の朱莉は知っている。

「あなたはどうしようもなく恐ろしい。その角もその牙もその爪も村の逸話通り、この世の悪意や恐怖を詰め込み、具現化したような存在よ。腕のひと凪ぎで簡単に命も奪える。だけど小さい私とすごしていた日々も、この数ヶ月、空気読めなくてかなりうざくて、でも一生懸命なあなたに助けられた。いままで感じたどれも間違いなくあなただった！」

そう、十年前に語った逸話は正しかった。事実が胸をえぐっていく。

だが言語リに綴られていてもなお足りない。朱莉の感じた眼前の存在は、声に出さねば伝わらない。文字でも、声でも、形にしなければならないのだ。

もう一度やり直すならば。

開く頁は最後。まっさらなまま残されているそこに手をそえる。

そして朱莉は眼前の、今にも消え果てそうな鬼を睨みつけて声を張り上げた。

「〃これなるは森羅万象の影に潜みし奇《く》しき者、傲慢に悪徳悪行の限りを尽くし、首のみとなれど呪詛《じゅそ》と恨みを吐き続けし黄金鬼！

されど人の子を友とし、不器用に心を砕き幸福を願いし心も持ち合わせり！〃」

朱莉にとって、彼はそういう存在だった。

恐ろしい鬼の側面と、人の想いなどまるっと無視する傍若無人さと、にもかかわらずただの人の子を不器用に気にかける心を併せ持った言神。

朱莉はそんな彼にいらだち、同時にそばにいて欲しい存在なのだ。

「〃定義されしは鬼神、名を夜行智人！〃」

これでなにも起きないのであれば、朱莉はこの場で死んでも良い。

これで暴走するのであれば、殺されてもいい。

かつては神と奉られたものを言葉にするのだ、それくらいの覚悟がなければだめだろうと、朱莉はごく自然に考えていた。

ぼろぼろと崩れかけていた言語りが、燃えるような熱を持つ。

そしてまっさらな頁から金と朱があふれ出した。

襲いかかろうとしていた雷獣も目を見開く充子もかき消すような奔流は、今にもくずれそうだった鬼を覆い尽くす。そして鮮やかな黄金に塗りつぶし新たな人型を形作り、散っていった。

先ほどとは違いすらりとした体躯は、朱莉が夜行智人と認識していた秀麗な青年そのものだった。しかし見慣れた三つ揃えの洋装ではなく、女物と見間違うような絢爛な着物を纏っている。それに負けぬ黄金の髪がざあと背中を覆い尽くし、なによりその額から一対の角が天を衝くように伸びているのは異形の証だった。

切れ長の目に彩られるのは、鮮やかな石榴の瞳。

まさに朱莉が思い描いていた通りの、妖しさと美しさと豪奢さが同居した鬼神と称すべき存在がそこにいた。

朱莉は緊張のせいか、体の重みを感じながらもまっすぐ呼びかける。

「智人」

金の髪を揺らしてこちらを振り返った智人の、能面のような表情が一気に泣き顔に崩れ去った。

「朱莉様、なんで語り直してしまったんですかあ！　これで僕は消えてめでたしめでたしになるはずでしたのに！」

秀麗な顔をゆがめて本気でべそをかく眼前の鬼は二ヶ月過ごした智人そのもので、朱莉はどっと安堵を感じながら、本を構え直した。

薄い書物にもかかわらず、異様に重く感じられた。

「あなたは寂しかったあの頃の私にも、そして物語なんて大嫌いと言った私にも寄り添ってくれた。それが、私が知っている私の大好きな鬼の物語なのよ」

大事な朱莉の物語なのだ。それをなくしたくないと思うことのなにが悪い。

秀麗な顔を涙にゆがめた智人がなにかを言いかけたが、時計の鐘が鳴り響く。

「どうして」

騒音とも呼べるほどの音が響く中でも、充子の硬質な声は不思議と届いた。

「どうして、朱莉さんはできるの。どうして私じゃないの。私のなにがいけなかったの」

充子の声が響くたびに、雷獣の全身が脈動するように跳ね、苦し気に身をよじる。

憎悪を滴らせ恨みに表情をゆがませて、充子は朱莉を睨んだ。

「なんで私は朱莉さんみたいにできないの!!」

充子が叫んだ瞬間、苦しげに身をよじっていた雷獣の体躯が膨張し、あふれた紫電が四方へとほとばしった。

智人に引き寄せられた途端、朱莉のいたところを紫電が焼いた。

轟音が響くと、雷獣が倉庫の壁に体当たりをしていた。しかしそれで雷獣が止まることはなく、のたうち回るように駆け回る。

「どうして、どうして、どうしてぇぇぇ！！！」

充子の玻璃《はり》が割れていくような言葉が響くたびに、雷獣から放たれる紫電で、砕けた音楽時計から火の手が上がる。このままここにいては危険なのは明白だ。

頭を抱えてうずくまる充子を見つめた朱莉は、肩の力を抜く。

「智人、あの雷獣を止められる」

智人は戸惑ったように石榴の瞳を瞬いた。

「あの言神は無理にゆがめられていますから、放っておいても自壊します」

「あのねえ、消えそうになったあなたを戻した私なのよ？　今目の前で消えようとしてるのに放っておけるわけないでしょ」

呆れたまなざしで答えれば、智人はきらと石榴の瞳を輝かせた。

「じゃあの娘殺しますか？　力の源を断てば簡単ですよ」

「だめ。次言ったらめちゃくちゃ敬語使うわ」

「そんなあ」

しゅんとしているが、言っていることはとんでもない。

智人の思考がものすごく物騒な方向に飛んでいるのは、気のせいではないだろう。

朱莉が定義し直したというのもあるだろうが、おそらく智人はこれが本性なのだ。

それもすべて受け止めると決めたのだ。だから朱莉は挑発するように言った。

「それともできないのかしら」

「……いいえ。今の僕ならあの娘一人ひねり潰せますし、あの言神を討ち果たすこともできますとも。ですから止めるくらい」

にっこりと微笑む鬼智人が、口元から鋭い牙をのぞかせた途端、跳躍した。

「造作もないことです、よ！」

先ほどより数倍軽やかに、鬼智人は雷獣へと肉薄した。

炎のくすぶる空間を鋭くかける鬼智人が、呟くように言う。

「僕の逸話は曖昧ですが、言語リは数限りない鬼の集合体として定義されています。だからこんな、ことも、できるんです！」

鬼智人は雷獣からあふれる紫電を捕まえた。

金の髪が躍るように翻る。

「雷は雷獣の専売特許ではないんですよ」

煌々と輝く紫電を握りつぶした鬼智人は、にいと牙をむき出して雷獣へと迫る。

それを横目に見ながら、朱莉は呆然とへたり込む充子へと走っていた。

「充子さんっ！」

朱莉が呼べば、ぶつぶつと呟くだけだった充子の視線が朱莉に定まり、憎悪を宿す。

充子は怒りのままに腕を振り上げたが、その前に朱莉は転がっていた木片につまずいた。

結果的に手をよけることができたが、朱莉はそのまま充子を押し倒してしまう。

ぴり、と手に痛みを覚える。おそらく木片で傷ついたのだろう。

しかたがない、智人の言語りを開きっぱなしにできただけ上等というものだ。

「だ、だいじょ」

朱莉は素に戻って心配しかけたが、顔をゆがめる充子に朱莉の衿もとを握りこまれる。

そして充子は、勢いをつけて体勢を入れ替え、朱莉の上に馬乗りになった。

床に押さえ込まれた朱莉はとっさに抵抗しかけたが、充子からぼたぼたと涙が落ちてきた。

「どうして、どうして朱莉さんみたいにできないの！　わた、私だって頑張ってるのに！」

朱莉さんばかり。そう言われて、朱莉はするりと言葉が零れた。

「だって充子さんは私じゃないもの」

朱莉の上にいる充子が反射的に怒りの形相になるが、虚を突かれたような表情になった。

自分も泣きそうにゆがんでいるのだろうと、朱莉は熱を持つ目元を感じながら言った。

「ねえ、充子さん。私はさ、あなたがうらやましかったよ。普通に家族がいて、普通にお勤めできたらって思ったよ。……でもそれは私にはできない。私は私でしかないの」

そう、真宵のように能力以上のことをすれば苦しむし、雷獣のように自分ではないものに押し込められればゆがむ。沢山後悔しても嫌だと思っても変えようがない。

だが充子は理解できないとばかりに顔をゆがめる。

「で、でも私がどうしたってなんにも」

「自分がどうしたいか考えてみよう。私の人生は私にしかたどれなかったのよ。だから丸山さんが生きる人生は丸山さんにしか決められない」

「なにそれ。私には、わからないよ……からっぽだもん。なんにもできない」

うつろな瞳で心を閉ざそうとする充子に、朱莉は気の利いた言葉など持たない。

朱莉だってずっとかたくなで、ただ淡々と日々をやり過ごしていただけだったのだから。

だから、言えるのはこれだけだ。

「じゃあほかの物語を知ろうよ。いろんな考え方を知ることから始めよう。私みたいになりたいんならなおさら。私は物語に生かされていたから」

勘助に様々な解釈があるように。鬼智人に多くの顔があるように。

神魔も人もたった一つ歩んだ道なのに見方によって様々に変わるのだから、一つに囚われなくて良いのだ。

そして、朱莉は物語が嫌いと言いながらも、様々な本に支えられていた。だから、何事も知ることから始めなければいけないことは肝に銘じていたのだ。

きっと、充子はこんな答えを望んでいるわけではないのはわかっている。

だが、充子はくしゃりとあどけなく顔をゆがめた。

「やっぱり、朱莉さんはひどいなあ。もっとはやく沢山お話できたらよかった」

支離滅裂な言葉だったが、それは朱莉が知っている充子に近かった。

衿を握る手が緩む。朱莉はそろりと上体を起こしたが、充子にどんと体を押された。

また床に投げ出されることになった朱莉だが、その瞬間、大量の瓦礫《がれき》が落ちてきた。

それは吹き飛ばされてきた音楽時計の破片で、すべて朱莉の上に居る充子に降り注ぐ。

「充子さん!?」

くずれ落ちる充子を朱莉は慌てて受け止めたが、押し付けられた灰色の本にはっとする。

充子は意識を失っていた。

「朱莉様っ！」

「あなたは雷獣を捕まえて！」

鬼智人の焦りを帯びた声に、朱莉はとっさに叫び返した。

充子はこれを預けてくれたのだ。無駄にしてはいけない。

簡素な灰色のモノ語リに朱莉が触れていても、雷獣は衰えるどころか激しく暴れまわっている。

瓦礫をどかし、充子を床に寝かせた朱莉は、モノ語リをぱらぱらとめくった。

かろうじて意味がわかるのはほんの二、三頁のみ。残りは文章としては意味のわからない文字の羅列だった。

明らかに量産されたとわかる簡素な作りに、朱莉は胸の苦しさを覚える。

充子はこの本は使い捨てだと言っていた。だが眼前で暴れる存在は違うはずなのだ。これがこのまま崩壊したとして、雷獣が解放される保証は一切ない。むしろ暴走するか、跡形もなく消滅するだろう。鵺のように。

ならば正しく語るしかないだろう。いま、ここで。

手がかりはあった。雷獣は不完全ながらも閉じ込められて形を得たと言っていた。そして海向こうのエールズから来た、雷にまつわる存在なのだ。

「朱莉様、捕まえましたよ！」

「でかしたわ智人！」

金の髪を翻した鬼智人が石榴の瞳を輝かせながら降り立つ。

同時に雷獣が床に叩きつけられた。少々乱暴な気がするのは目をつぶろう。すでに雷獣には暴れまわる気力すら残っていないようだった。しかしその全身から紫電が絶え間なくはじけ、姿が霞のように透けている。

朱莉は二つの本をもって立ち上がりながら、雷獣に向かい合った。

つい最近読んだのだ。西洋と東洋には、驚くほど性質がよく似た神魔がいるのだと感心した覚えがある。

まだ語ることに恐ろしさはある。だが朱莉は思い知っていた。語ってからでなければ始まらない。話してみないとわからないのだ。

なるべくなら、故郷のことを語る素直でまっすぐな彼に戻してやりたい。

だから朱莉は智人が見守る中、紫電の塊となっている存在に語りかけた。

「西洋には雷獣のような存在がいるの。それは元々山の上に住んでいて、空を飛び歩く妖精だった。だけど人間が機械を発明すると機械のそばに現れて、気まぐれに直したり知識を授けてくれるようになった。だから人間は彼らを機械と電気を司る妖精と再定義した。その妖精の名は〝グレムリン〟」

紫電の塊が、朱莉の言葉にびくんと体を硬直させる。

智人が反応するよりも早く、朱莉へと飛びかかる。

だが朱莉は同時に声を張り上げた。

「〝これなるは雷を駆りし獣なれど、機械と雷をつかさどりし新しき妖精なり！雷を操り、人知を超えし知識にて様々な恩恵を与えし純粋で気まぐれな存在！定義されしはグレムリン、名を……〟」

そこではっと朱莉は言葉を止めてしまう。

朱莉は彼の名前を知らないのだ。急いで頁をめくってもどこにも名前の記載はない。

これでは語りが成立しない。

失敗だと悟ったらしい金色の智人が膝をたわめる中、紫電が一瞬だけ弱まった。

わずかに理性のともった紫の瞳と目が合う。

『お前が名付けてくれていい』

声が聞こえた途端、朱莉は考えるまもなくもう一度声を張り上げた。

「〝定義されしはグレムリン！　名を雷《ライ》！〟」

雷獣の全身を覆っていた紫電が、いっせいに飛び散った。

あまりのまばゆさに朱莉が目をつぶる寸前、智人にかばわれる。

直撃するかと思われた紫電は、だが朱莉を避《さ》けるようにすり抜け暗くなった。

ちかちかする視界の中で目を開けると、炎に輝く銀が映る。

その銀色は、眼前にたたずむ青年の髪だった。

すらりとした野性的に引き締まった体躯は、黒と銀で構成されたかっちりとした洋装に包まれている。彫りの深い西洋風の美貌を彩るのは、紫の少しつり上がり気味の眼差しだ。

そしてなにより特徴的なのが、乱雑に跳ね回る銀髪の頭頂部に、三角形の獣のような耳が生えていることだった。

一応銀の獣を想像していたはずなのだが、朱莉は困惑する。

おかしい、なぜこうなったと考えながらも、その姿はなぜだかしっくりきていた。

銀髪の青年は軽く地を蹴った一瞬で、朱莉の眼前へと迫る。

そして灰色の雷獣の書物を持った手を恭しくとられた。

「俺はグレムリン、名をライ。俺のすべてはマスターのものだ」

「は、い？」

青年の口からこぼれるなめらかな和語に驚いたのもそうだが、その美しい所作に朱莉が絶句した。

しかし、すぐさま金色の智人が割り込んでくる。

「気安く触れるな、朱莉様の慈悲で生かされているだけの存在が」

「だから俺はマスターの物だ。名付けられ契約はなされた。この身が朽ち果てるまで付き従おう」

智人の切りつけるような冷淡な物言いも意に介さず、銀の獣、ライが平然と応じた。

いぶかしそうな顔をした智人ははっとする。

「契約……？　もしやっ!?　朱莉様少々失礼っ」

ぼうとしていた朱莉は、智人に手を取られた途端、手の痛みを思い出した。

「そういうことですか！　い、いえ僕もご主人様になっていただきましたし！」

智人がライにくってかかる声を聞いていた朱莉は、なんだかものすごく面倒くさいことになっていることを察した。しかしそれ以上はうまく物事が考えられなかった。

まとわりつくような全身の重さと息苦しさを感じていたからだ。

倉庫の中が暑いと思っていたら、周囲にはすでに火の手が回っている。

ああ、そうだ、充子は大丈夫かと朱莉はあたりを見回した。

その矢先、すさまじい音を響かせて鉄扉を弾き飛ばし、巨狼にまたがった軍服姿の宗形が駆け込んでくるのが見えた。

「おいお前たち……っ!?　大、丈夫そうだが、心底面倒なことになっているようだな」

片手に言語リを構え、かつてなく厳しく目をすがめていた宗形は、喧嘩をしている金色と銀色の言神、そして立ち尽くす朱莉を見つけてなんとも言えない表情を浮かべる。

もうろうとしていた朱莉は、宗形があきれたようなほっとしたような顔をしているのを見てなんとなく安心した。

「とりあえず、あとを頼んでいいかしら……」

ふら、とかすむ視界に髪が黒に戻った智人とライが慌てる姿を映しつつ。

朱莉は二つの書物を胸に抱くことだけは、忘れなかったのだった。

巻ノ七　物語のある日常

弁士協会の息のかかった病院へと担ぎ込まれた朱莉は目覚めた後、宗形にことの顛末を教えられた。

隅又商事の倉庫から出火した火事は、未明には消し止められた。

幸か不幸か燃えたのは隅又商事の倉庫のみ。原因である雷獣は無事捕獲され、鎮火には弁士と言神の活躍があったことは大々的に新聞記事になり、世論は一気に弁士に対して好意的になっているそうだ。

弁士協会では雷獣と違法な言語リであった「モノ語リ」について捜査を行っており、隅又商事をはじめ、いくつかの企業を警戒していたらしい。朱莉の証言でようやく隅又商事に絞ることができ、捕縛の手立てを考えていたところであの倉庫の火事が起きたのだった。

「火事はどこからでも見えるもので、握りつぶすことはできなかったからな。せいぜい印象操作に利用させてもらったさ」

個室の病室でけだるげな様子で椅子に座り込む宗形は、心底疲れているようだった。

清潔感だけは損なわれていないものの、軍服は見事なまでによれており、中に着込まれたシャツもボタンが一つ二つ開いている。心なしか顔色も悪い。

もらった桃を切り分けていた朱莉は若干哀れに思えたので、一切れ桃を差し出した。

しかし、宗形は青天の霹靂のような顔で身を起こした。

「……君が食い物を分けるなんて、槍でも降るのか」

「いらないんですねそうですか」

「貰えるものはもらう」

朱莉が下げようとした桃をとった宗形は、さっさと口に放りこんだ。

「高いだけあるな。甘い」

「今がいちばんおいしい時季ですもの」

朱莉は残りをもくもくと口に運ぶ。今の時季の桃は甘露のように甘い。みずみずしい果汁が病院で出された食事では、物足りなかった腹に染み渡った。

たちまち一つぶんを平らげて、次の桃を切り分けはじめていた朱莉は、じっと見つめる宗形の視線に気がついた。

「その食欲だと、調子は悪くなさそうだな」

「はい。ですが昨日は起き上がるにも起き上がれなくてびっくりしました」

「言神を二柱も同時に顕現させるのは、並の弁士でもやらないことだ。ましてや『語り直し』と契約を連続でやるなんざ、正気の沙汰じゃない。よく生きていたもんだ」

火事の中で倒れた朱莉だったが、原因は大量の霊力消費だったらしい。

宗形の厳しい声音に、朱莉はほんの少し不貞腐《ふてくさ》れた気分で桃の切れ端にぶすりとようじを突き刺した。

「そんなに負担になるものだと知らなかったもので」

「そうだな、一般人である君に情報を制限していた俺の落ち度でもある」

あっさりと非を認める宗形に朱莉はため息をつく。謝られてしまえば怒りも長く続かない。そもそも知ろうとしなかったのは朱莉の方であるし、それほど怒っていないのだから許す以外の選択肢はなかった。

動く気配がして顔を上げれば、姿勢を正した宗形は両手指を組み身を乗り出していた。

「とりあえず、隅又商事は不正経理に関する調査で警察が入る。そして偶然音楽時計に雑霊を呼び寄せ暴走させる仕掛けが見つかり、今までの言神暴走騒ぎの原因だとわかるだろう。後は世論次第だが、少なくとも幹部クラスの社員の首は飛ぶな」

「モノ語リについては公表しないんですね」

「モノ語リの存在は繊細な問題だ。商事とつながっていた焚書派の過激分子を調子づかせないためにも、伏せるべきというのが弁士協会の方針なんだが――」

そこまで語った宗形は意外そうな顔をした。

「俺はいま下手すると商事がつぶれることを言っているんだが。そちらはいいのか」

「それだけのことをした、ってことでしょう。雷獣騒ぎも言神騒ぎも人死にが出ていますもの。問答無用でつぶそうとしないだけ理性が利いてるか？　と思うくらいです」

なにも知らない社員達が路頭に迷う可能性を考えれば少し思うところはあるが、朱莉はそのあたりに協会の対応を恨む気は起きなかった。

「まあ弁士と言神を潰そうとしていながら自分も似たような物を使うなんて、すんごくあほらしいというか、本末転倒な気はしますけど。一体なにを考えていたんでしょうね」

「全くその通りだが、理をゆがめて利用するなんざ外道のやることだ。理解したくもないし必ず根こそぎ消す」

ぐ、と強く拳を握り、低く押し殺した声で言いきる宗形に朱莉は軽く驚いた。

その険しい表情は、普段怠惰を絵に描いたような宗形と結びつかなかったからだ。

さすがに地位が高いだけはあるのかもしれない。と朱莉は少し見直していると、宗形にいぶかしそうな顔をされた。

「どうした」

「いいえ、宗形様でもまじめになることはあるんだなって」

「なに言ってるんだ。俺はいつでもだらけたい。言神事件のたびに駆り出される俺の仕事はないほうがいいんだからな」

深くため息をついてぐて、と表したくなるような具合に椅子の背もたれに身を預ける宗形に先ほどまでの面影はない。あれならば付いてくる部下も多いだろうに。

「それよりも私は部外者なのにそんなにしゃべっていいんですか」

朱莉が訊ね返せば、宗形はなんとなく脱力したように肩を落とした。この娘は……！といわんばかりの反応に朱莉はいぶかしむ。

「もう君は部外者どころか中心人物の一人なんだよ。鬼である智人に関しては隠し通したが、あの異国の神魔は別だ。隠しきることはできない。むしろ智人の隠れ蓑にさせてもらったからな。君は未知の神魔を従えた人物として注目されているんだ。君の意思に関係なく、調査が進められる」

「……もしかして宗形様と話すこともその一部になっていますか」

「なってるぞ。俺が君の監督官だからな」

「監視役の間違いでは」

朱莉が言えば宗形はなにも言わず肩をすくめた。だがそれは肯定しているのと同じだろう。

「御作嬢。念を押しておくが、君は弁士にとってあり得ないといわれることをしてのけたんだ。鬼の言語リを語って従え、さらに不完全な言語リを語り直し、正常な言神に戻すなんてことは前代未聞なんだよ。それも、ただの一般人である君がだ」

「私はただ言葉にしただけですよ」

「だから困る」

深いため息をついた宗形は、不貞腐れた様子で頬杖をついた。

「よくもまあ、根尾師匠はこんなものを隠し通してくれやがったもんだ。詳しく教えておけと全力で言いたい」

さらりと告げられた名前に、朱莉ははじかれたように顔を上げた。

根尾、というのは十数年前から朱莉の面倒を見てくれていた弁士の名前だ。

「根尾さんをご存じなのですか」

「ご存じもなにも、十数年しごかれた師匠だよ。君が帝都に来る時によろしく頼まれていたくらいだ」

思わぬつながりに朱莉が絶句していれば、宗形はおもしろくもない話だと言わんばかりに仏頂面をしている。もしかしなくても、まだ朱莉の知らぬつながりがあるのかもしれない。

「……智人たちはどうしていますか」

驚きから脱せずとも、朱莉が反射的に聞けば、宗形はあっさり答えた。

「智人は文庫社に留め置いている。ぐれーむりんだったか、あれに関してはこちらで簡易的に封じさせてもらっているが、霊力回復までの暫定措置だ。もうあれも君の言語リになってしまったからな」

「あの、全然実感がわかないんですが。私が主になってしまったんですか」

「なってるぞ。あの二冊の言語リには、君の血……いや片方は涙だが、君の一部がしみこんだ。君は死ぬまであの言神たちを従えて命令することができる。ほかの弁士が語っても受け付けない」

あの倉庫で朱莉は智人の言語リに涙を落とし、雷獣のモノ語リは手をすりむき血がにじんだまま持ってしまっていた。その状態で語り直したために、朱莉は彼らと契約したことになっていたのだった。

「モノ語リは言語リの模造品だ。簡略化した逸話を記しただけの書物に、神魔を封じていたのはわかっている。あーぐれー……」

「グレムリン……って、宗形様、横文字苦手なんですか」

「うるさい。続けるぞ」

朱莉が指摘すれば、宗形は不貞腐れた顔をしながら続けた。

「あの神魔の場合、元の逸話が雷獣に酷似していたおかげで、不完全ながら言神として成立し自我を保てたんだろうな。今は協会で預かっているが……どうする」

「どう、とは」

おおざっぱな問いかけだったが、朱莉は宗形がなにを言いたいのかおおよそわかっていた。

　それでも問いかければ、宗形は一つ一つ提示するように言った。

「君はもうグレムリンの語り手だ。そして明るみになって居なくても鬼の語り手になっている。弁士として生きなくても、文庫社を出たとしても言神と言語りからは逃れられない。それでもまだ今なら、二冊とも封印できる。そうすれば、君は自由だ」

「……意外でした。私を弁士に引きずりこむために仕組んでたわけじゃないんですね」

　朱莉が少しだけ考えていた可能性をこぼせば、宗形は不本意そうなさりとて承服できないような複雑な表情を浮かべる。

「まあ、隅又商事に関しては利用したことは否定しない。だが前に言っただろう、書物はただ伝えるための手段だ。なにも考えずに楽しむだけで構わん。その向こうになにがあろうと本来は気にしなくていいんだ」

　なんだかんだ宗形は、朱莉を引き込んだ責任を持とうとしてくれているのかもしれない。宗形は気のないそぶりで大あくびをしているし、全くもって頼りになりそうには見えないが、朱莉はもう気にしないことにした。

「もう一つ、聞かせてください」

「なんだ」

「充子さんはどうしていますか」

朱莉は彼女とあれ以来会っていない。気にするとは思っていなかったのか意外そうな顔をした宗形は、ゆるりと瞬いたあと淡々と答えた。

「丸山充子は今は重要参考人としてこちらで拘束している。すでに厳しい取り調べがはじまっているが、今のところ素直に話しているらしい」

「その後は、どうなりますか」

「どうにも。倉庫の件は事故として処理されて真相は闇に葬られる。彼女が起訴されることも罪に問われることもない。だが、彼女の特殊な声は今後も調査されるな」

「そう、ですか」

朱莉の声になにかを感じたらしい宗形が眉を上げた。

「彼女には多かれ少なかれ監視が付くことになる。おそらくは一生。それが彼女の罰になるだろうが……」

「正直ざまあみろな気分ですね」

いくら彼女が哀れでも、朱莉はいきなり殺されかけた身である。それをなにもなく許してやれるほど朱莉はできた人間ではない。

朱莉が淡く微笑んで言えば、軽く驚いた顔をした宗形は、やれやれとばかりに苦笑した。

「君も、イイ性格しているな」

「お互い様です」

「まあ、あの娘も覇気がなさそうに見えて存外図太いようだがな」

宗形が軽く息をついて言うのに、澄まし顔で応じた朱莉は面食らった。

「どういう意味です？」

「取り調べの合間にな、本を読んでいるんだと。読み終われば次の本を要求しているらしい。まあ協会に本は積み上げるほどあるから構わんのだが……どうかしたか」

「いえなんでも」

突然口元を手で覆った朱莉を、宗形が訝し気に見た。朱莉は勝手に笑みの形にほころんでしまう口を何度か戻そうとする。

害された事実は変わらないし許すつもりもない。目の前にいたら罵るくらいには憎い。だが、朱莉が伝えたかったことが彼女に届いていたことが嬉しいのも確かなのだ。

朱莉の態度を、宗形は眉を寄せるだけで流すことにしたらしく、それで話はすんだと立ち上がった。

「とりあえず、退院は明日だ。返事は文庫社に戻ってからで構わん。悩むといい」

意外と時間をくれるものだと朱莉は驚きつつ、去ろうとする宗形を引き留めた。

「宗形様……いえ宗形さん。私は、もう決めてるんです」

朱莉がそれを口にすれば、宗形は大きく目を見開きあんぐりと口を開けた。

先のことは不安だらけではあるが。それを見られただけでも、朱莉は満足だった。

＊

翌日、退院することになった朱莉が荷物をまとめてさあ出よう、と引き戸を開けたら大きな荷物がいた。膝を抱えて座り込む智人だ。

髪色は黄金ではなく朱莉が見慣れた黒に、髪の長さも戻っている。

しかしながら、三つ揃えの洋装の青年が膝を抱える姿は大変違和感があった。看護婦に見つかって追い出されなかったのが、奇跡のような不審さだ。

慌てて立ち上がる智人を朱莉が冷めた目で見上げてやれば、彼はしどろもどろになりながら言った。

「その、宗形に迎えに行けと言われまして」

昨日、宗形が迎えに「行く」ではなく「よこす」と言ったのはこういう意味か、と朱莉は納得する。しかし智人にいつもの勢いはなく、どうして良いかわからないのは所在なさげにたたずむ姿で察せられた。

「で、その宗形さんは？」

「『一年分は働いたから後は適当にやってくれ』と」

「まあ、あの人らしいと言えばらしいか。はい、もって」

朱莉はまとめた荷物を智人にわたして歩き出した。

習慣で朱莉の荷物を持った智人が戸惑っている間に、朱莉はすたすたと病院を後にする。

だが電車駅に向かう道すがら、耐え切れなくなった様子の智人に呼び止められた。

「あの！　これからどうされるのですか」

「とりあえず文庫社に帰るわよ。電車に乗ってそれからは徒歩かしら。ああそうだ真宵ちゃん達はどうしてるかしら」

「真宵は朱莉様が退院なされると安堵してましたが……って文庫社に帰るのですか!?」

驚かれたことに朱莉はむしろ驚いた。

「ええ、帰るつもりだったけど。どうするんだと思ってたの」

「その、宗形をたよるのかと。そもそも僕がなぜ封印されていないのかもわかっていなくて……宗形もなにも言いませんし」

たった二ヶ月のつきあいだが、心底困惑している智人は珍しかろう。少し頼りなさそうに瞳を揺らす智人が新鮮で、朱莉は少々愉快に思った。

智人と顔を合わせるのもあの倉庫の時以来で、実は朱莉もどうしようかと思っていたのだが、この殊勝さは逆に朱莉の心を冷静にさせていた。

「ねえ、聞きたいのだけど。私の寮が燃えた時、どうしてあそこにいたの？　ずいぶんタイミングが良かったけど」

てくてくと歩きながら朱莉が聞けば、智人は大変後ろめたそうな顔になった。

ほう、これはなにかあるなとじっと見つめていれば、智人は白状した。

「根尾からあなたが帝都で就職することを聞きまして、いてもたってもいられず……様子を見に行っていたところで居合わせました」

「見に行っていた、というのはつまり私を何度も見に来ていたのね。はいそこ土下座しようとしない！」

智人の言葉に関しては一切気を抜かなくなった朱莉がすかさず制止すれば、まさに膝をつこうとしていた智人は中腰のまま止まった。顔は案の定情けなくゆがめられている。

「だって朱莉様、絶対怒ります」

「要するに付きまといをしていたってことでしょう。もしかして私が帝都に来る前も？」

「いえ誓って帝都にいらっしゃってからです！」

それでもだいぶ犯罪めいているが、と朱莉が蛇蝎のごときまなざしを向けると、智人は若干嬉しそうに頬を朱に染めかけたものの慌てて訴えてきた。

「そもそもあなたの前に出る気はなかったのです。僕が消えるまで見守り続けるだけのつもりで……でも、欲が出てしまったのです」

僕は鬼ですから。と智人はまつげを伏せた。

変わらないことを喜ぶようでも、そのことを憎んでいるかのようにも見えた。

「根尾さんとはどういう関係。あれからどうしてずっと顕現し続けていたの。あの日、本当はなにがあったの」

朱莉が倉庫では聞けなかったことを口にすれば、疑問は堰を切ったように溢れてくる。

「あの日、根尾さんとあなたは村を守ろうとしてくれたんでしょう。でもそれならなぜ、根尾さんは私にあなたの言語りを読ませたの」

朱莉は断片的にではあるが、あの日に起きたことを思い出していた。

自分が平静でもなんでもなかったことに気づき、朱莉が複雑な思いで見上げると、智人はゆるりと瞬いた。

「そうですね、十二年前になにが起きていたのかを話しましょうか。根尾は、あなたの村にあった僕……首塚の鬼の回収に来ていました。ですが、他に僕を狙う連中が現れたんです」

「あの、もう一体の神魔？」

朱莉が訊ねると、智人は頷いた。

「あの連中には絶対に従えない。だから僕はあなたの語った逸話で、言神になることを選びました。その結果連中は村ごと僕を葬ろうとした。村を襲ったそれは荒魂、倒す以外にありませんでした」

朱莉が根尾も話してくれなかった事実に、衝撃を受けながらも納得したが。

「でも、なんで私に語らせたの？　弁士だった根尾さんのほうが確実だったでしょうに」

するとと智人は後ろめたそうに眉をひそめながらも、頬を染めて言った。

「初めては、あなたの言葉で読まれたかったんです」

身の内にあふれる熱を押さえきれぬような表情だった。壮絶なまでの艶麗さに朱莉まで顔が赤らむ。

「そう、根尾も僕も幼いあなたの語りで顕現できるとは思っていなかった。ただ、僕の言語りを一番に読むのが、あなたでいて欲しかったという、それだけだったんです。にもかかわらず、僕はあなたの語りでこの姿を得られた。この嬉しさは、きっとあなたにはわからないでしょう」

そんなの、わからないと朱莉は思った。だがあまりに嬉しげな智人に言うことはできない。しかしすぐにその表情は憂いを帯びる。

「けれど、結果的にあなたを救うことはできなかった」

智人は、ぐっと苦し気に顔をゆがめて胸に手を当てた。

「幼いあなたに怯えられたことで、間違っていたことはわかるのに、どこがどう間違っていたのかわからなかったんです。この胸が刃を突き立てられたように痛むのに、それがなぜかわからなかった。だから根尾と取引をして、人を学ぶために文庫社に留まりました」

「どんな取引だったの」

「この顕現がほどけるまで、人と関わるようにと」

だから十二年、言神として文庫社で過ごしたんです。と語る智人は朱莉の記憶にわずかに残る「鬼さん」とは違うようでいて雰囲気が同じだった。

「ねえ、あの火事の日にあの時の鬼だと主張して、私を弁士にしようとは思わなかったの」

そうすれば智人は消えずにすみ、朱莉のそばに堂々と居られただろうに。

朱莉が言えば智人は首を横に振った。

「僕は朱莉様には良き読者で居て欲しかったんです。弁士などではなく僕らまつろわぬ者をあるがままに受け止め、心に大事に住まわせてくださるような」

良き読者、と口にした智人のいっそ甘やかなまでの声音に朱莉は面食らう。柔らかな表情にはこちらへのいたわりがある。にもかかわらず、言葉に帯びる熱は単語の意味がわからないにもかかわらず特別だと訴えかけるもので、朱莉の胸は不自然に跳ねた。

「なに、それ」

「言神だけでなく、神魔もまた人の認識に左右されます。鬼の僕は、心のままに奪い蹂躙し悪逆の限りを尽くし、首を落とされました。そのことを反省するどころか、恨み続けた僕は確かに逸話通りの鬼でした。ですがそんな僕に、あなたは新たな形をくれた。あなたが語る言の葉は、僕の知らなかった僕を教えてくれたんです。その心を残したいと願うのは当然ではありませんか」

そうだった。彼は、朱莉に与えるためだけに十二年も過ごしていた存在なのだ。

「……私、あなたのこと覚えていなかったのよ」

「それで僕の想いがなくなるわけじゃありません」

熱を帯びたまなざしで断言した智人だったが、そこでふと苦笑に変わった。

「だから根尾には朱莉様が望まない限り、弁士に引き入れないことを誓わせました。あなたが忘れていたのは根尾の術が理由です。このままだとあなたの心が壊れるからと。あの言語リ狂いにも良心があったのですね」

朱莉は智人の辛辣な物言いにも驚いたが、納得もした。

そこは少し宗形に聞いていた。身元引受人をしてくれていた根尾は朱莉が帝都に来た途端、弟子だった宗形にそれとなく面倒を見るよう頼んでいたのだという。そして彼女が望まない限りは、弁士にも言神にも関わらせないように。と。

それは、智人と根尾の約束からくるものだったらしい。

智人のそれは自分本位で、でも彼なりに朱莉を想い守ろうとした結果の行動なのだ。

「鬼である僕を語れる朱莉様は、弁士に知られれば確実に利用されます。鬼の言語リは消滅しなければならない。でもだからこそ、朱莉様と寮で再び巡り会った時にはもう消滅寸前で、ちょうどいいと思ったんです。役に立つのなら、ここしかないと」

「そんなところまで気を回して……？」

「だって僕は鬼ですよ？　人の業は知り尽くしていますから」

朗らかに毒のしたたるような言葉を漏らす智人に、朱莉は吐息をもらした。

物腰柔らかに振る舞おうと、この青年は間違いなく鬼なのだ。

昨日、宗形に鬼についてはさんざん聞いていた。古ければ古いほど、逸話が多ければ多いほど。人々に周知されていればされているほど、定義された言神は強く補強される。

妖狐や天狗、竜と並ぶほどその歴史が古い鬼は、ひとたび言語リに封じられればそのあまりの霊威に禁書扱い……つまりは生涯表に出ることなく封じ続けられる。なぜならば優秀な弁士でも、誤って語るだけで封印がほどけてしまうこともあるからだ。

裏を返せばそれほどに強い言神となる。

だからこそ、鬼の言神に主として認められ、完全に制御することのできる者がいれば、弁士協会はなにがあっても引き入れようとするだろうとも。

「だからこそ、こうして残ってしまって途方に暮れてもいるんです」

智人が不安でいながらも期待に胸を高鳴らせているように、朱莉を見つめた。

「朱莉様は僕に消えてほしくないと言いました。僕もできるならば朱莉様と共に居たい。ですが僕が存在したままで居ることは」

「ああ、そのことだけど。私正式な弁士を目指すことになったから」

言いよどんでいた智人がその美貌を驚愕に染めてあんぐりと口を開けた。

顔立ちが整っていると間抜け顔も見られるものだな、と朱莉はのんびりと思った。

「え」

「鬼のことは隠すけど、あなたは私の言語りになるわよ。弁士の資格を取れたらあの文庫社も私のものになるんだって。これから忙しくなるわねえ」

「まって、待ってください！　いいんですか朱莉様はそれで！」

「いやまあ、隅又商事にはもう居られないしね」

あんなことがあったのだし、幹部連中が総入れ替えになると言われても、隅又商事からは離職するのが一番だろう。

なんせ朱莉は弁士に関してど素人もいいところなのだ。普通は幼少の頃から積み重ねる知識を短期間で身に付けなければならないのだから、時間はいくらあっても足りない。

勉強は嫌いではないからやりがいはあるが、と朱莉が再び歩き出そうとすれば智人に肩を掴まれた。

「弁士になるということは、これから一生物語に関わってゆくことになるんですよ？　そしてもう二度と一般人に戻る選択肢はなくなります。鬼を従えるというのはそういうことです！　あなたの負担になるのは耐えられませんっ」

「え、じゃあ私の言神やめる？」

「嫌ですが！」

間髪入れずに即答した智人に思わず吹き出した朱莉は、泣きそうな顔をしている智人に言ってやった。

「今でも物語や語ることを苦手に思う気持ちはあるけどね。私が一番物語が大好きだったころのあなたを失いたくないと思っちゃったんだから、しょうがないじゃない」

朱莉にもう一度、物語に関わってみようと思わせてくれた言神は、朱莉が一番強くてかっこいいと思った鬼だった。しかも無邪気に語った朱莉を気に入って、後悔を抱えたままそれでも十年以上も大事にしてくれていたのだ。

そんな彼を今度は自分が大事にしたいと思ってなにが悪い。

朱莉は少し気恥ずかしくなりつつも、動揺する智人をなだめようと二の腕を軽く叩いた。

「だからさ、智人。これからも私のこと守ってよね。鬼の気まぐれ発揮しないでよ」

これは朱莉が選んだことだ。鬼という存在がどういうものか知っている朱莉は、だからもし気まぐれを発揮されて見捨てられたとしても後悔しないだろう。

それでもしばらくは思い出に浸らせてほしいと思いつつ冗談めかして言えば、智人は朱莉の手を取ると、そっと頰に寄せた。

華奢な玻璃細工のように扱われ、朱莉は無意識に息を詰める。

智人の表情はまるで蜜を滴らせているかのように甘やかで、にもかかわらず炙られるような熱を帯びている気がした。

「あなたが選んだのであれば、僕は生涯あなただけの言神、鬼で居ましょう。あなたが朽ち果てる時は共に滅びを。あなた以外の言の葉で存在することはありません」

「いや重いわ」

「おや鬼は執念深いことでも有名なんですよ？　だから、覚悟していてくださいね」

うっとりとした智人の弧を描く唇から、鋭い牙が覗いた。その艶に朱莉はぞくりと肌が粟立つのを覚えて、もう引き返せないことを知る。だが選んだのは朱莉である。

とはいえ下手に応じることが危険な気がして、智人から手を取り戻した。

「というか、あの頃とずいぶん口調が違うじゃない。前はもうちょっと偉そうだった気がするんだけど」

そうして彼の正体を知ってからずっと気になっていたことを訊ねれば、上機嫌だった智人は照れくさそうに言った。

「言神というものは語り主とは主従であるものですし、朱莉様のお役に立つことを考えれば従者であることが一番でしょう。それにふさわしい言葉に改めただけですよ」

「いや全然わからないのだけど」

答えになっていない答えに、朱莉は困惑する。今だに彼と過ごしていた頃の記憶は曖昧だが、もっと神様らしい無造作で尊大な物言いをしていた気がする。だがそう曲解してしまったのもこの言神らしいと言えばらしいのだろうか。

すると、智人はなぜか少々不貞腐れた顔をした。

「あなたが昔、言ったんですよ。『乱暴なのはかっこわるい』と」

その耳が少し赤くなっているのに朱莉は目を丸くした。思い出した記憶の中で朱莉が「鬼さん」の口調を気にしている気配は一切なかった。だが彼はそうやって覚えてくれていて、気にしていたのだ。

朱莉はたまらず目を閉じる。あの日、あの村ですべてを失っていたと思っていたけれど、こうして残っているものもあったのだ。

不謹慎にもこみ上げてくる喜びに朱莉は少しうつむいたのだが、智人の気配が変わった。

「まあ、朱莉様の語りに影響されている部分もありますが、僕は気に入ったものはとことん懐に入れて大事にする性質《たち》の鬼だったんです。朱莉様が望むのでしたら、以前の口調に戻しますよ？」

色素の薄い目を弓のように細める智人に、朱莉は不自然に鼓動が跳ねた。普通のことを言っているはずなのになんとなく心臓に悪い。

大事にするって今までの仕え方のことだろうか、それなら少々迷惑なのだがと思ったが、特に変わることもないだろうと肩をすくめて見せた。

「もう聞き慣れちゃったからいいわよ」

「はい、かしこまりました。では帰りましょう。朱莉様」

「……うん。真宵ちゃん許してくれるといいな」

思いっきり話をそらしたにもかかわらず、にこにこと微笑む智人に朱莉は食えなさを感じつつも、帰るという言葉に嬉しさを覚えていたのだった。

親宿にある文庫社の扉を開けた途端、朱莉は真宵に飛びつかれた。

なにも言わずぐずぐずと泣く真宵の黒い頭を、朱莉はなだめるために撫でてやる。

そして、ゆっくりと今までの経緯を話して誠心誠意謝った。

「心配かけてごめんね。また、私の帰るところにしていいかな」

「……真宵の主さんだもん。弁士さんになるんなら、真宵が主さんのおうちだもん」

ずび、と鼻をすすりながら離れまいとする真宵を朱莉は思い切り抱きしめた。

離れない真宵を抱きながら次いで勘助の言語リを開けば、現れた勘助はやっぱりかと苦笑のような表情になった。

「嬢ちゃん、とうとう覚悟決めちまったのか。まあ智人の抑止力くらいにはなってやるさ」

勘助はただそう言って朱莉の頭に手を置いた。

あまりにもあっさりと言われて面食らったが、当たり前のようにこれからもそばに居ることを約束してくれたことにほっとした。

寄り添ってくれる優しさに緩む頬をごまかそうと、朱莉はあえて軽口を叩いて見せた。

「お酒さえ確保できれば、でしょ？」

「つまみもありゃあ言うことはねぇ。しっかしまあこれからが大変だねえ」

しみじみと腕を組む勘助に、先ほどから見るからに浮かれている智人がはしゃいだ声で割り込んできた。

「そうですね朱莉様っ。御作文庫社の出発ですからね。ふふ、朱莉様の契約言神としてお役に立ちますよ！　契約言神ですからね!!」

「智人、ずるい。真宵も契約する」

愛らしい顔をしかめて主張する真宵に、朱莉は若干申し訳ない気分になりながら答えた。

「ごめんね、真宵ちゃん。私、霊力の修練を積んでいないから、自分で調整できるようになるまで、本契約はダメって言われているの」

この世の終わりのように悲しげな顔をする真宵に、罪悪感をひしひしと感じた朱莉は彼女を慰めようとしたのだが、その前に智人が優越感たっぷりに言った。

「そう、だから契約は僕だけなんです！　僕、だけ！」

得意げな顔で真宵をあおる智人は大変に大人げなくうっとうしかった。

朱莉が弁士になると宣言してから万事この調子である。そろそろ朱莉も面倒になってきたので、ぱちんと指をはじいてみた。

「智人。私の荷物ちょうだい」

「はいっ！」

ささ、と差し出してきた智人の前で荷物をひもといた朱莉は、一冊の本を取り出した。

「それ、は……！」

智人が愕然と見つめるそれは、倉庫で朱莉が語った灰色の書物だ。

不思議なことについていたはずの血痕はなく、代わりに不可思議な文様が浮かんでいる。

朱莉はそっと表紙をめくると、声を発した。

「〝定義されしはグレムリン、名を雷〟」

鮮やかな銀の曲線が伸び上がり朱莉の眼前へと凝ると、二十代前半ほどの青年の姿をとった。癖のある銀色の髪を背中でひとくくりにして流し、軍服のような服がしっくりとなじむライは、紫の瞳を開くと朱莉に合わせた。

「マスター。再び会えて嬉しい」

「今まで呼び出せなくてごめんね」

朱莉が話しかければこくりと頷いたライの表情は変わらない。だが頭頂部の獣耳はひくひくと動きその尻尾も軽やかに揺れていることで喜んでいることは察せられた。

「二人とも紹介する。私と契約したことになっている言神。名前はライ。これからここに住むことになるからよろしくね」

「完っ全に忘れてましたが、なんでそいつがいるんですか！」

朱莉が勘助と真宵に紹介していれば、やっと衝撃を脱したらしい智人が詰め寄ってきた。

「だってこの子も私の言神になっているもの。というか私以外に語れなくなっちゃってるし、モノ語リ解明の協力もしなきゃいけないしね。私が最後まで面倒見るのが筋でしょ」

朱莉が弁士になると告げると、宗形はライのモノ語リをおいていったのだ。

ライは特異な言神であるためか、存在が未だに安定しておらず、朱莉は少なくとも解明がすむまで、ライを消滅させないよう定期的に語って顕現させるように願われたのだ。

朱莉に否やはなかったが、こうすることでしかライの自由を確保してやれないのは申し訳なく、ライを見上げた。

「ごめん。私たちの都合で振り回して」

「いや。俺はお前の言葉で存在を再定義された。だから俺はお前に従う。好きなように使ってくれ」

ライに灰色の書物ごと手を握りこまれ、紫の瞳でまっすぐ見つめられた朱莉はつい頬が朱に染まる。

わなわなと震えていた智人がライの肩を掴むと、朱莉から引きはがした。

べりっと音を立てるような勢いによろめくライを、智人は敵意たっぷりに睨みつけた。

「朱莉様に近いですよ若造！」

「そうか？」

きょとんとするライに、ほうと息をついていた朱莉は火照る気がする頬のまま言った。

「さすがに近いわ。手を取られるのもびっくりするし」

「そうか。では抱えるのは」

「なんて破廉恥ですか！」

噛み付くように言う智人の反応に、ふむ、とライは考える風だ。

どうやらライは海向こうの感覚で行動しているようだ。智人とはまた違う意味で心臓に悪いかもしれない。これから先が思いやられてため息をついた朱莉に、傍観していた勘助はおかしそうに言った。

「嬢ちゃん、愉快なやつを連れてきたな」

「そう思うんなら助けてくれない」

「巻き込まれるのはごめんだ。真宵、酒もらうぞー」

勘助は肩をすくめた途端、厨房へと消えていった。

鬼ごろし役に立たない。と朱莉が呆然としていれば、智人の一方的な言葉が響いていた。

「契約してしまった以上仕方ありません。百歩、いえ千歩譲ってあきらめましょう。ですがいいですか、ここでは僕の方が先輩なんです。その身をわきまえて畜生のごとく朱莉様に仕えなさい」

「ちくしょう。どういう意味だろうか」

「獣のごとく這いつくばれという意味です。一番の新入りなのですから」

どん引きの理論を展開する智人をさすがに止めようとした朱莉だったが、ライはふむと頷くと、ぽんっと煙に包まれる。

それが晴れた瞬間。銀色の犬に似た優美な獣がいた。狼よりも一回り大きいくらいだろうか。艶やかな毛並みに六つ足で器用に座る巨体は、真宵はおろか朱莉すら運べそうだ。

「ライ!?　どういうこと!?」

『俺の根幹はグレムリンだが、雷獣の逸話も取り込んだ。だから二つの姿を持っているようだ。雷を扱うにはこちらの方が都合がいいらしい。言葉も雷獣の逸話がなじんだおかげでわかるようになった』

ライの声を響かせ優美に尻尾を振る獣は、つぶらな紫の瞳で朱莉を見上げた。

『これで仕えれば良いということだろうか。マスター』

その問いに答えるより先に、朱莉はつやつやとした毛並みに吸い寄せられるように指を埋めた。指を通せば存外やわらかい。獣に対して思い入れがない朱莉でもこの毛皮の極上さはわかった。

それに淡々としていながらもどこか軽やかな言葉に、ライ自身が今の状況をそれほど苦に思っていないことが感じられ朱莉はほっとする。

「時々でいいから、この姿で昼寝に付き合ってほしいわ……」

『了解した』

「朱莉様っ!?」

つい欲望を駄々洩れさせた朱莉の言葉にもライは律義に応じた。

後ろで騒いでいる声も朱莉は無視する。

心が癒やされるような心地がして、ライが気持ちよさげに目を細めるのをいいことに朱莉が毛並みを堪能していれば、隣に真宵が立った。

真宵は上から下までじっとライを見つめると、ぽそりと呟く。

「新入り、ほかにできることは」

『お前は……この家のシルキーか。雷や電気に関すること、機械であればそれなりに詳しい。よろしく頼む』

ライの返事に真宵は表情を一気に輝かせると、背伸びをして雷の銀色の頭を撫でた。

「なおしてほしいものいっぱいある。よろしく」

「まよ、い、まで……!」

我に返った朱莉が振り返れば、そこには愕然とした顔をする智人がいた。

しかも若干涙目になっている。

その表情はまるで見捨てられた犬のような有様だと朱莉が思っていたら、酒を抱えた勘助が戻って来て吹き出した。

「智人、おもしれえ顔をしてんな」

「……うるさいですよ勘助」

「残念だったなあ智人。今んところ俺も、嬢ちゃんにしかまともに読めねえしろもんだからな。好き勝手できるとは思わねえことだ」

「真宵だって主さんのためだけにおうち整えるもん」

にやにやとしながら、なぜかあおるようなことを言う勘助に真宵まで主張してきて朱莉はぎょっとする。

しかし智人は見事に引っかかって、ぐぬぬと言わんばかりの形相で主張した。

「ぼ、僕は朱莉様に一番はじめに語ってもらいましたからね！」

「いやそんな必死にならなくったって」

「なります！　せっかく朱莉様がこれからもそばにいてくださるんですから、はじめが肝心です。誰が一番か決めておかねば」

「おー良いじゃねえか。鬼のてめえが俺にかなうか試してみるか」

「望むところです！」

「？　よくわからないが俺もやる」

勘助が刀を取り出し、智人は手袋を脱ぐ。さらにライまで雷獣から人型に戻っていた。

どうやら誰が一番か決めるというのは、腕っ節の方らしい。

さてどうしたものかと朱莉がため息をついて居れば、どっと三人が居る床が揺れた。

朱莉の立っている場所は全く揺れていない。見れば真宵が仁王立ちしていた。

「主さん困らせるのも、真宵の中で暴れるのもゆるさない」

「真宵ちゃん、かっこいい！」

体勢を崩しただけで床に転がった者はいなかったが、三人とも引きつった顔をしていた。

「この家、では」

「真宵に逆らってはいけませんね」

「うむ……」

「なに？」

「「「なんでもない」です」ぜ」

こそこそと言い合う三人が真宵に睨まれた途端、まじめになるのがおかしくて、朱莉は笑ってしまった。

外見上は幼い真宵に、大の大人が神妙になっているのもある。

だが形なき存在に、歴史上の人物に、西洋の妖精に、この倭国で有数の強さを誇る鬼。

そんな自分とは遠い存在だと思っていた逸話たちが一堂に会しているうえ、その中に自分が入り込んで居ることが不思議だった。

しかしそれがこれからの日常になるのだ。

智人の気遣いは的はずれで。あの村で失った平凡で温かい時間は失われもう二度と戻ることはない。

だが、こうして新しい居場所へと導いてくれたのも彼だった。

優しくておかしくて怖くて、でも朱莉にとっては一番かっこいい特別な鬼。

そんなことを言ったら調子に乗るだろうから、絶対に言わないが。

ほんの少し騒ぐ気がする胸を抑えつつくすくす笑っていれば、なぜか言神達が目を丸くして朱莉を見つめていた。

その反応が解《げ》せなくて、朱莉は眉を寄せる。

「どうしたの」

「おいおい破壊力抜群だなあおい」

「マスターの笑顔はすごいのだ」

「主さんかわいい」

驚く勘助に、したり顔で言う雷。真宵はどこか楽しげだ。

「朱莉様の笑顔だけで報われます」

智人はなぜか満面の笑みで応じてくる。

全く、人が笑っただけでなんて騒ぎだとむすっとしかけたが、朱莉はまあいっかと思い直した。

「さ、みんな気が済んだ？　私お腹すいたわ」

「なにがいい主さん」

「私の趣味でハンバーグと、豆腐の味噌汁で！　材料は買ってきたわ」

朱莉が願えば、真宵は智人が置いていた荷物を確認すると、胸を張った。

「わかった、まかせて」

頼もしい真宵の返事に楽しみだとにっこりしていれば、智人がそわとした顔をした。

気づいた朱莉は智人をのぞき込んだ。

「確か、好物よね」

「……覚えていらっしゃるのですか」

目を見開いて息をのむ智人に朱莉はほんの少し得意げな顔をして見せた。

朱莉の数少なく思い出した記憶にあったのだ。豆のおやつを持って言って食べていた時に、ものすごくうらやましそうにされたことを。

喜びをこみ上げさせているらしい智人の横で、勘助がライに話しかけていた。

「じゃあ西洋の兄ちゃんよ、俺と飲もうぜ」

「なにを飲むのだ？」

「互いのことを知るには、昔っから酒と決まっているんだぜ？」

不思議そうな顔をするライが勘助に連れていかれる前に、朱莉はあ、と思い出した。

「ちょっと待って、ライはこっちが先。そうだ智人もよ」

「僕も、ですか？」

ライの手を引き、智人を引き連れた朱莉が向かったのは言語リが収められている書庫だ。

「言語リを文庫社に納める時には奉る棚を決めるんでしょ。いわば自分の部屋みたいなものらしいじゃない。好きなところを選んだらいいわ」

ぴくんと、ライが獣の耳を揺らした。

「俺の居場所か」

「そうよ。ここがあなたの家になるんだから」

朱莉が言えばライはあどけなくはにかんだ。

「俺の記憶はあいまいだが、確かな場所があるというのはいいものだな」

そうしてライが神妙な顔で空いている棚を一つ一つ吟味し始める中で、朱莉は戸惑う様子の智人を振り返る。

「智人の棚はどこ？」

「僕の、ですか。ここですが」

智人に示されたのは箱型の書棚の並ぶ一番奥、他よりも広くスペースを作られた空っぽの箱棚だった。おそらく鬼という強力な存在をしっかりと封じるために広くとられているのだろう。まあ勝手に出歩いているのだから全く意味はなかっただろうが、と朱莉が考えていれば、智人が困惑しているのがありありとわかった。

「なぜ、急に」

「だって私の居場所はここになったもの。あなたが見守りに出る必要はなくなるんだから、収めておくのは当然でしょ」

本は本棚に。というのは当たり前だろう。勘助と真宵は顕現させたらここへ戻しているのだから智人たちを例外にすることはない。

だがしかし、智人はどこかねだるように朱莉をのぞき込んだ。

「朱莉様が本鞄を持ち歩いてくださってもいいんですよ。いつでも共にいられますし」

「やだめんどくさい」

「そんなあ」

先に勘助の言語リを戻し、次いで智人の飴色の言語リを置きながら会話に応じていた朱莉だったが、智人が言葉のわりに残念そうではないことに気づいた。

朱莉から離れていた智人は飴色の言語リが置かれた箱棚を見つめている。その顔は、途方に暮れているようにもほっとしているようにも思えた。

「僕は、まだ終わらないんですね」

「そうよ、私があなたを覚えて語る限り終わらないわ」

誰かが語り継ぐ限り、物語は終わらない。

幼かった朱莉を覚え想い続けた智人がいて、朱莉が語り継ぐことを望んだから今がある。

返事があると思っていなかったのかきょとんとした智人は、しかし花がほころぶように笑った。

「……はい！」

朱莉たちが会話をする最中もじっと棚を吟味していたライが、顔を上げた。

「マスター、決まったぞ」

どこか期待に満ちたライの声に応じた朱莉は、彼が選んだ棚に灰色の言語リを置くと、晴れやかな表情で言神たちを振り返った。

「さ、これでめでたしめでたし。ご飯食べよ！」

その日のハンバーグと豆腐の味噌汁を囲んだ食卓は、いつもよりもずっとにぎやかでおいしい気がした。

あとがき

はじめましての方ははじめまして。お久しぶりの方はお久しぶりです。道草家守です。

今回は「帝都コトガミ浪漫譚」お手にとって頂き、ありがとうございました。

私が小説を書き始めたきっかけが「こんな！　和モノが！　読みたい！」だったもので、こうして和モノで本を出させていただけるのは感慨深くあります。

特に、めまぐるしい文明発展の中、まだ残る夜の闇深さの中に妖怪や神など人あらざるモノがいた明治大正は、愛してやまない時代です。

だから、うまく物語が書けなくなっていた時期に「好きなもの書いてみたら？」と、言ってくれた友人達の言葉で思いついたのが大正時代を舞台にすることでした。

そして自分が読みたい大正は何だろうと考えた時、そうだ、書物と言葉をメインにしようと思ったんです。

明治そして大正は、神々や妖怪が急速に失われていく中でも、学問として盛んに研究された時代でした。そうして書き記された本はかつて息づいていた神々を伝える。そんな彼らの話を記録した本に本当に神様が宿っていたら？　そして実体化することが出来たら？

ただ、私はアクションもイケメンも幼女もおっさんももふもふも大好きでして。もう全部乗せしてしまえば良いのでは？　と思ったんです。やりました。突っ走りました。詰め込んだ結果まとめ上げるのにひいひい言うことになりましたが、胸を張って「こんな！大正ファンタジーが！　読みたい！」を叩き付けられたと思います。

だから、書籍化のお話をいただけた時には、ちょっと涙が出るくらい嬉しかったんです。ことばによって形作られる神様達のお話が、ことのは文庫で出せることは運命かもしれないと思いました。

悩んでいた時期に励まし、書き続けることを応援してくれた友人達。このような縁をくださり、共に頭を悩ませて一冊を作り上げてくださったことのは文庫の編集さん。このコトガミの世界を「ありえるかもしれない世界」として色を付けてくださった斎賀時人先生、ありがとうございました。

最後にこの本を世に送り出すためにご尽力くださった皆様。なによりこの本を手にとって楽しんでくださった読者様、ありがとうございました！

また、お会いできることを願いまして。

梅の香りを聞きながら　道草家守

ことのは文庫

帝都《ていと》コトガミ浪漫譚《ろまんたん》
勤労乙女《きんろうおとめ》と押《お》しかけ従者《じゅうしゃ》

2020年3月26日　初版発行

著者　道草家守《みちくさやもり》
発行人　武内静夫
編集　佐藤　理
印刷所　株式会社廣済堂
発行　株式会社マイクロマガジン社
URL：http://micromagazine.net/
〒104-0041
東京都中央区新富1-3-7ヨドコウビル
TEL.03-3206-1641 FAX.03-3551-1208（販売部）
TEL.03-3551-9563 FAX.03-3297-0180（編集部）

本書は、小説投稿サイト「小説家になろう」（http://syosetu.com/）に掲載されていた作品を、加筆・修正の上、書籍化したものです。

定価はカバーに印刷されています。

本書の無断複製は著作権法上での例外を除き禁じられています。

本書はフィクションです。実際の人物や団体、地域とは一切関係ありません。

ISBN978-4-89637-966-2　C0193
乱丁、落丁本はお取り替えいたします。

©Yamori Mitikusa 2020
©MICRO MAGAZINE 2020 Printed in japan